Zugänge

Joke Frerichs

Zugänge

Wie man aufwächst, so denkt man

Bibliografische Information der Deutschen Bibliothek:
Die Deutsche Bibliothek verzeichnet diese Publikation in der Deutschen
Nationalbibliografie; detaillierte Informationen sind im Internet über
<http://dnb.ddb.de> abrufbar.

© 2005 Joke Frerichs
Herstellung und Verlag: Books on Demand GmbH, Norderstedt
ISBN 3-8334-4000-7

Inhalt

Vorwort

Die Idee zu dem Buch entstand schon vor Jahren. Ich schrieb einen Lebenslauf und wunderte mich, wie folgerichtig und stimmig die Lebensphasen sich darin fügten. Das erschien mir deshalb merkwürdig, weil ich meinen Lebensweg eigentlich ganz anders wahrgenommen hatte: Eher als eine Abfolge von Brüchen, Krisen, Unwägbarkeiten und Risiken.

Ich empfand das Bedürfnis, doch einmal detaillierter darzustellen, wie sich meine Entwicklung vollzogen hat: Das Aufwachsen in einer Arbeitersiedlung der Nachkriegszeit; die Volkschulzeit in den fünfziger Jahren; der Ausstieg aus dem erlernten Beruf; das Verlassen des Herkunftsmilieus; die Schwierigkeit, sich auf dem Zweiten Bildungsweg weiterzubilden. Schließlich der gesellschaftliche und kulturelle Aufbruch durch die Studentenbewegung. Was bedeutet sie für einen, der aus der Provinz kommt? Und dann die Entdeckung neuer Welten: Kunst, Literatur, Musik. Kurzum: Wie ist man zu dem geworden, der man heute ist?

Denkt man darüber nach, stellt sich heraus, dass es immer die spezifischen *Zugänge* sind, die oft in Gestalt von Zufällen oder nicht vorhersehbaren Ereignissen den Werdegang beeinflusst haben. Dabei spielen die Prägungen durch Herkunft und Zeitumstände eine entscheidende Rolle. Oder, wie Heiner Müller sagt: *Wie man aufwächst, denkt man.* Oft sind es aber auch einzelne Personen, die zur richtigen Zeit ihren Einfluss ausgeübt haben. Damit dieser jedoch wirksam werden kann, muss er auf individuelle Dispositionen treffen, die selbst wiederum Resultat von Umständen sind, auf die der Einzelne nur sehr bedingt einwirken kann. Sich dieser Wechselbeziehung bewusst zu werden, darum ging es mir vor allem.

Trotz der unverkennbaren biographischen Bezüge handelt es sich bei dem vorliegenden Buch nicht um eine Autobiographie. Im Vordergrund stehen mehr oder weniger aufeinander bezogenen Reflexionen über Natur, Kultur, Gesellschaft und einzelne Personen, die den Kontext für einen langen und oft ungewöhnlichen Bildungsweg dargestellt haben.

Das Motto des Buches könnte daher lauten: *Der Mensch mag sich mit seiner Erkenntnis noch so weit ausrecken, sich selber noch so objektiv vorkommen: zuletzt trägt er doch nichts davon als seine eigne Biographie.* (Nietzsche)

KINDHEIT

Kindheitsbilder

Erinnerungen sind stets ambivalent. Denke ich an meine Kindheit, kommen mir die unterschiedlichsten Erinnerungen oder besser: Fetzen von Erinnerung in den Sinn. Sie steigen als Bilder in mir auf und entwickeln eine Art Eigenleben. Eine Bilderfolge.

Wir wohnten in einer Siedlung vor der Werft. Einer der typischen Arbeitersiedlungen. Es handelte sich um Werkswohnungen, die eigens für die Werftarbeiter gebaut worden waren. Die Großeltern hatten nach dem Krieg meine Eltern, die ausgebombt worden waren, und ihre vier Kinder aufgenommen. Ein fünftes Kind wurde hier geboren. Zeitweise wohnten hier bis zu neun Personen auf engstem Raum. Im Hinterhaus ein Wasserhahn. Einen halben Meter über dem Boden. Hier wurde sich gewaschen. Auch im Winter. Hinter einem Bretterverschlag das Klo. Als Kinder schliefen wir zu viert in einem Raum. Die Eltern nebenan. Der einzige Gemeinschaftsraum war die Küche. Hier spielte sich alles ab. Essen, Schulaufgaben machen, sich aufhalten.

Wenn es eben ging, waren wir draußen. Hinter den Häusern befanden sich Äcker, Gärten, Schuppen, Kaninchenställe und dergleichen. Durch Ackerfurchen gelangten wir zu einem Sandplatz. Dieser diente uns als Bolzplatz. Er war durch einen zwei Meter hohen Drahtzaun von den Äckern getrennt. Die Grenze bildete der große Luftschutzbunker aus dem Zweiten Weltkrieg. Auf der anderen Seite der Siedlung das Bahngelände. Und zwei große Wohnblöcke, in denen Angestellte der

Werft und der Werksdirektor wohnten. Der sogenannte Beamtenblock.

Gehe ich den Bildern weiter nach, erinnere ich mich an einen Bombentrichter. In diesen stürzte ich mitsamt einer Eisenlore, von der ich nicht rechtzeitig abgesprungen war. Dann entstand an dieser Stelle ein Neubau. Ich schaute den Maurern bei ihrer Arbeit zu. Es faszinierte mich, mit welcher Geschicklichkeit sie ihr Handwerk ausübten. Mit der Zeit – ich war fünf Jahre alt – durfte ich für die Bauarbeiter kleine Besorgungen machen: Rollmöpse kaufen, Tabak, Schnaps. Zur Belohnung nahmen sie mich mit in den Bauwagen, in dem sie frühstückten und Mittag aßen. Mit dem Geruch aus Tabak, Schnaps und Schweiß verband ich etwas Abenteuerliches. Nach einiger Zeit erhielt ich einen Briefumschlag: Es war eine Lohntüte. Die Arbeiter hatten etwas Geld gesammelt und auf einem Zettel meine Aktivitäten vermerkt. Voller Stolz kam ich mit meinem ersten Lohn nach Hause.

Eines Tages saß ein fremder Mann auf dem Stuhl am Fenster. Meine Mutter sagte zu mir, es sei mein Vater. Zurückgekehrt aus der Gefangenschaft. Ich umarmte ihn. Mein älterer Bruder verglich ihn mit seinem Foto auf der Kommode und kam zu dem Schluss, er sei es nicht. Zu sehr unterschied sich der Mann auf dem Stuhl von dem auf dem Bild.

Bilder reihen sich an Bilder. Sind es die ursprünglichen, unverfälschten Bilder? Oder erhalten sie ihren Stellenwert erst durch die späteren Bedeutungen, die wir ihnen zulegen? Sind es die prägenden Bilder? Vielleicht. Jedenfalls kommen sie immer wieder. Der erste Schultag gehört dazu. Eine riesige Enttäuschung. Die Geschichte von „Heiner im Storchennest" wurde nicht zu Ende erzählt. Mittendrin klingelte es zur Pause. Ich konnte nicht fassen, warum das der Grund für die Unterbrechung des Vorlesens sein sollte. Daraufhin erklärte ich der Lehrerin, ich habe keine Zeit mehr, zur Schule zu gehen. Ich würde auf dem Bau gebraucht.

Ein Ort der Geborgenheit war für mich der Kindergottesdienst. Aber nur, wenn der alte Pastor erzählte. Er zog mich in seinen Bann. Seine Erzählungen versetzten mich in andere Welten und beschäftigten mich unendlich. Er selbst mit seiner sanften Stimme, den langen, grauen Haaren und dem gütigen Gesicht wirkte auf mich wie der leibhaftige liebe Gott.

Kindheit – das war auch der Geruch des Kaninchenstalls im Hof. Täglich musste das Futter für die Tiere herbeigeschafft werden. Zeitweise hatten wir 16 Kaninchen. Gern sah ich ihnen bei der Fütterung zu. Ich liebte das weiche, zarte Fell der Kleinen. Alle hatten Namen und ließen sich unterscheiden. Für uns besaßen sie ihre eigene Individualität. Eines Tages sollte ein Tier geschlachtet werden. Vater und Großvater konnten es nicht. Darauf wurde ein Nachbar geholt. Ich habe ihn fortan gehasst. Als das Kaninchen auf den Tisch kam, aß keiner von uns. Tränen rollten. Darauf hin sorgte meine Mutter dafür, dass die Kaninchen abgeschafft wurden.

Ja, die Mutter. Glücklich war ich, wenn die Mutter sang. Das war selten. Dann hatte diese stets melancholische Frau ein Strahlen in den Augen. Ansonsten kämpfte sie vergebens gegen ihr Schicksal an, ein schweres, unglückliches Leben zu führen.

Frei fühlte ich mich nur, wenn ich spielen durfte. Meistens Fußball. Es geschah mit einer solchen Leidenschaft, dass ich vor Erregung kaum einschlafen konnte. Vor allem nach Wettkämpfen. Man kämpfte ständig. Und man wollte siegen. Hier entstand der unbändige Ehrgeiz, aber auch ein starker Wille, der später wichtig werden sollte im sogenannten richtigen Leben.

Trotz aller Härte möchte ich meine Kindheit nicht missen. Das sage ich nicht nur wegen der Distanz, die man mittlerweile zu den Ereignissen hat. Ich habe lange an der Kindheit festgehalten, mich dagegen gewehrt, erwachsen zu werden, als meine Spielgenossen längst eigene Wege gingen. Ich war mir sehr früh darüber im klaren, dass die Erwachsenenwelt mir dieses Maß an Freiheit und Abenteuer nie würde bieten können, das die Kindheit mir gebracht hatte. Und so denke ich an die Zeit zurück – mit Wehmut, aber auch mit einer gewissen Genugtuung, sie derart bewusst erlebt zu haben.

Frühe Lehren

Anfang der fünfziger Jahre. Ich besuchte die Volksschule in der nordwestdeutschen Provinz. Die Volksschule befand sich gemeinsam mit der Mittelschule und der Oberschule in einem Gebäude: Die Volksschule unten, die Mittelschule darüber und die Oberschule oben. Um Konflikte unter den Schülern unterschiedlicher Herkunft zu vermeiden, fanden die Pausen zu verschiedenen Zeiten statt. Geholfen hat es wenig. Im Winter empfingen wir die Oberschüler – in unseren Augen verweichlichte Bürgersöhnchen – mit einem Schneeball-Bombardement. Auch Pöbeleien und gelegentliche Schlägereien waren nichts Ungewöhnliches. So reagierten wir unser Gefühl ab, irgendwie benachteiligt zu sein. Denn man wunderte sich schon, wer so alles zur Oberschule ging. Es waren beileibe nicht die besten Schüler. Aber es waren die Söhne von Direktoren,

Beamten, Ärzten oder Rechtsanwälten. Man war mit ihnen bis zum vierten Schuljahr zusammen in eine Klasse gegangen. Dann – es war wie ein Naturereignis – gingen diese plötzlich zur Oberschule. Man selbst blieb zurück. Wie gesagt: irgendwie fühlte man sich zurückgesetzt.

Unsere Lehrer kamen teilweise aus Schlesien, Pommern oder Ostpreußen. Oft waren es gebrochene Persönlichkeiten. Sie hatten die Heimat verloren, und nicht wenige unter ihnen trauerten nicht nur dieser nach. So erinnere ich mich an eine Lehrerin, die jeden Morgen, die Hände vor der Brust gefaltet, vor die Klasse trat und ihr: „Flamme empor" anstimmte. Überhaupt brachten diese Leute Lieder mit, die uns unbekannt und teilweise auch völlig unverständlich waren. Es waren schöne Melodien zu uns fremden Texten.

All das hätte uns nicht sehr beeindruckt, wäre da nicht das Auftreten dieser Leute gewesen. Sie gaben uns durch Worte und Gesten zu verstehen, dass wir in ihren Augen kulturell und sozial minderwertig waren. Ja, dass die Tatsache ihres Hierseins ein schweres Opfer darstellte, dem gegenüber wir uns dankbar zu erweisen hätten. Diese Leute nahmen ihr Schicksal wahr, als habe man sie nach Sibirien verbannt.

Ich habe erst viele Jahre später begriffen, was man uns Kindern damit antat. Diese Enttäuschten, Entwurzelten, Orientierungslosen – sie schienen uns für ihr Unglück verantwortlich zu machen. Zumindest ließen sie ihre Verzweiflung an uns aus. Das führte auf unserer Seite natürlich zu entsprechenden Gegenreaktionen: Verweigerung auf der ganzen Linie war die Folge. Die Konflikte eskalierten, und Schläge waren an der Tagesordnung.

In diesem Klima war das Lernen nahezu unmöglich. Es war ein ständiger Kleinkrieg, in dem wir uns mit unseren Mitteln zur Wehr setzten. So sah sie aus, die Schule des Volkes zu Beginn der fünfziger Jahre. Finsterste pädagogische Provinz, in der einem jede Motivation zum Lernen genommen wurde. Davon hat man sich im Grunde nie mehr erholt. Bis zuletzt blieb für mich die Schule eine Art Zwangsveranstaltung, an der man nur teilnahm, weil man sich ihr nicht entziehen konnte. Das Ganze hatte nur einen Vorteil: Die Fronten waren klar.

Die Werft

Von unserem Spielgelände aus sahen wir die Docks und die Kräne der Werft. Die Werft war verbotenes Gebiet für uns Kinder. Es war die Welt der Männer. Der Opa hatte schon hier gearbeitet. Als Schmied. Dann der Vater und die beiden älteren Brüder. Als Schlosser. Auf der Werft wurden Reparaturarbeiten verrichtet. Es gab eine Tischlerei, eine Kupferschmiede, eine Schlosserei, eine Werkstatt für Elektrik und eine Schmiede. Auch Maler und Anstreicher gab es. Ganze Schiffe, aber auch Bojen, die der Markierung der Seewege dienten, wurden hier entrostet und frisch gestrichen. Auf dem Tonnenhof. Riesige Tonnen lagen hier. Schwarz-rot oder schwarz-grün gestrichen. Die Farben für Backbord und Steuerbord.

Auf den umliegenden Werften – einer großen und mehreren kleinen – fanden gelegentlich Stapelläufe statt. Als Fünfjähriger hatte ich den ersten gesehen. Es war ein Festtag auf der Werft. Die Arbeiter strömten herbei, interessierte Zuschauer. Es spielte eine Blaskapelle. Ein großer Tanker wurde getauft und glitt unter dem Bersten der Befestigung ins Wasser. Ein gewaltiger und stets etwas mysteriöser Vorgang. Vom Gelingen des Stapellaufs hing angeblich das künftige Schicksal des Schiffes ab. Daran glaubte man fest. In einer riesigen Werkshalle gab es ein Unterhaltungsprogramm. Es sang die damals noch völlig unbekannte Catherina Valente: Ganz Paris träumt von der Liebe. Der Beifall war ohrenbetäubend. Die Arbeiter saßen teilweise auf Gerüsten und Geländern und trommelten mit ihren Stahlschuhen auf die Balustraden. Es war ein beeindruckendes Erlebnis.

Auf der Werft meines Vater ging es behutsamer zu. Aber auch sie weckte die Phantasie der Kinder. „Auf der Werft" hatten einige der Arbeiter auch ihre Äcker. Nach Feierabend durfte man als Kind in Begleitung der Erwachsenen auf das Werksgelände. Dann kam man nahe heran an die Docks. Aus der Kinderperspektive kam uns alles riesig vor. Die Kräne. Die Schiffe selbst. Natürlich kletterte man darauf herum. Im Sommer sprangen wir von den Schiffen oder vom Dock ins Wasser. Gelegentlich konnte man in die Werkshallen sehen. Alles roch nach Öl oder Teer. Aber auch nach kaltem Rauch. Der Geruch betörte uns.

Fast täglich holte ich meinen Vater von der Arbeit ab. Ich sehe ihn noch in seinem Blaumann, dazu die Schirmmütze, unter dem Arm ein Paket mit Abfallholz, das wir als Brennholz nutzten. Ich war stolz, wenn ich ihn erblickte und er mir die ölverschmierte Hand gab. Auch er freute sich. Es war ein schöner Moment. Immer auch mit ein wenig Angst verbunden. Vor allem in der Vorweihnachtszeit. Dann geschahen besonders viele Unfälle. Die Arbeit auf den Docks waren gefährlich. Es gab Glatteis, aber auch Brände beim Schweißen. Oder Unglücke an den Stanzen. Ein Nachbarsjunge verlor seinen Vater durch einen tödlichen Unfall. Mein Vater verlor ein Auge durch herumfliegende Stahlsplitter. Nach solchen Ereignissen wurde tagelang von nichts anderem gesprochen in der Siedlung.

Als ich nach vielen Jahren die Werft noch einmal besuchte – wie klein kam sie mir vor. Und wie groß war sie uns Kindern in der Phantasie erschienen. Voller Geheimnisse. Und ungeheuer präsent.

Die Kunst des Erzählens

Solange ich mich zurück erinnere, habe ich es geliebt, wenn Geschichten erzählt wurden. Die Erinnerung reicht bis in die früheste Kindheit zurück. Ich war vielleicht vier Jahre alt, da durfte ich sonntags in der Früh zum Vater ins gewärmte Bett kommen. Dieser begann eines Tages, mir die Geschichte vom Däumling zu erzählen. Sie beherrschte meine Phantasie jahrelang. Mit meinen Fragen brachte ich meinen Vater in schiere Verzweiflung. Wie mochte es dem Däumling gelungen sein, durch Schlüssellöcher in Häuser und deren Geheimnisse einzudringen, sich zu verstecken, Nahrung zu beschaffen und was der Fragen mehr waren. Sogar eine Heimstatt hatte er: Hoch oben auf dem Schornstein eines der Häuser, die auf meinem späteren Schulweg lagen. Noch heute schaue ich unwillkürlich auf, wenn ich an diesem Ort vorbei komme.

Etwas später lauschte ich unserem alten Pastor während des Kindergottesdienstes. Er erzählte warmherzig, einfühlsam und mit einer Stimme, die einem das Erzählte sinnfällig werden ließ. Dieser alte Pastor verkörperte die Menschlichkeit und Nächstenliebe schlechthin. Verließ man seinen Gottesdienst, so hatte man das Gefühl, gereinigt zu sein. Man fühlte sich wohlig, leicht und hatte Lust, Gutes zu tun. Nie klang seine Stimme bedrohlich oder belehrend, wie wir es etwa von der Schule her gewohnt waren. Er besänftigte, verzieh, warb um Verständnis, auch für den Sünder und die Schwachen.

Einen weiteren großen Erzähler fand ich in meinem Opa. Ja, wir fanden uns buchstäblich. Er mich, indem ich ihm die Langeweile vertrieb. Ich ihn, der mich in fremde Welten einführte. Wie alle Alltagsmenschen erzählte er eine Begebenheit eins zu eins. Ja mehr noch: Jede Nuance, jede Assoziation wurde ausgeschmückt. Durch das Plattdeutsch wurden Nuancierungen möglich, die die Hochsprache nicht aufweist. Hintergründiges, Witziges, Widerständiges. Große Themen waren es, die ihn beschäftigten: Der Krieg, die Frauen und die Arbeitswelt.

Nicht die Geschichten allein waren es, die dies bewirkten. Es war ebenso die Stimmlage, die Gestik, welche Verachtung oder Wohlwollen erzeugten. Eine ganze Bandbreite stimmlicher Ausdruckmöglichkeiten kam zum Tragen: Lautstark, massiv, aber auch spöttisch, lakonisch, nachdenklich, resignierend. Mich faszinierten seine Geschichten immer aufs Neue. Das war deshalb nicht selbstverständlich, weil er sie mir nahezu täglich und immer wieder erzählte. Keinesfalls durfte man ungeduldig dabei werden oder gar zu erkennen geben, dass man alles schon kannte. Geschah dies einmal ungewollt, war er furchtbar enttäuscht, ja zornig.

Es war gewissermaßen der Gesamteindruck, der den Erzählungen meines Opas zur Wirkung verhalf: Der Gesichtsausdruck, das Gestikulieren, ja das Exerzieren, sobald die Situation dies erforderte. Er konnte sich dabei völlig verausgaben und verlieren und hatte dann Schwierigkeiten, sich wieder einzukriegen. Gelegentlich erschrak er über sich selbst, beispielsweise, wenn er dem Kind allzu Anzügliches erzählt hatte oder auch, wenn er das Grauen des Krieges geschildert hatte, die furchtbaren Verwundungen, den Hunger, die Sinnlosigkeit. Zur Anschauung scheute er nicht davor zurück, seine eigene Kriegsverletzung zu zeigen: Einen Einschuss in den Oberschenkel, wobei er nicht vergaß darauf hinzuweisen, dass es ihn auch in den Unterleib hätte treffen können.

Mit seinem Erzählen eröffnete er dem Knaben Perspektiven, die sich im Laufe der Zeit verfestigten: Den Hass auf alles Militärische, das Interesse am anderen Geschlecht und die Skepsis gegenüber den Autoritäten in der Bürokratie und der Arbeitswelt.

Ich weiß nicht, was mich mehr faszinierte: Waren es die Geschichten oder die Erzähler? Wahrscheinlich gehört beides untrennbar zusammen. Mit Wehmut denke ich an die vielen Stunden zurück, in denen ich als Zuhörer vollständig gebannt war. Dabei wird mir klar, dass die Zeit des Erzählens unwiderruflich vorbei zu sein scheint. Sie stirbt mit den Erzählern aus. Nur sehr vereinzelt trifft man noch auf gute Erzähler. Dann hänge ich ihnen wieder an den Lippen, bewundere ihre Kunst und denke an die Zeit zurück, wo das Erzählen noch ein wichtiger Bestandteil des Alltags war.

Gerüche

Gerüche wecken Erinnerungen. Zu den frühesten Gerüchen, an die ich mich erinnere, gehört der Geruch von Milch. Täglich kam in unsere Straße der Milchmann. Ein überaus gütiger, obwohl von rauhen Wettern gezeichneter Mann. Schon als vier- bis fünfjähriger Junge war ich erpicht darauf, die Mutter zum Milchmann zu begleiten. Sie mit der Drei-Liter-Kanne ausgestattet; ich mit meinem Becher.

Sobald die Kundschaft bedient war, machte sich unser Milchmann einen Spaß daraus, mich zum Singen aufzufordern. Als

Voraussetzung dafür, mir meine Ration Milch in den Becher zu füllen. So sang ich zu seinem Vergnügen und zum Stolz der Mutter mein „Theodor im Fußballtor" oder etwas ähnliches. Danach zogen Pferd und Wagen weiter, es sei denn, die bittere Kälte langer Wintermonate führte dazu, dass Mutter den Milchmann ab und zu einlud, sich bei einem Schnaps auf eine Zigarettenlänge aufzuwärmen. Daraus wurden dann meist mehrere, da man sich viel zu erzählen hatte. Das in der Kälte wartende Pferd nahm es gelassen.

Der Geruch frischer Milch war damals ungleich intensiver als heute. Die Milch hatte noch Fett und Eigen-Aroma. Das bestätigte sich auch, wenn ich zur Oma kam, die bei ihrem Sohn, einem Kleinbauern, im Haus wohnte. Diese ging in ihre Speisekammer, holte Brot und Butter und ein Weckglas mit eingemachter Wurst. Dazu gab es ein Glas Milch aus eigener Produktion. Das sättigte sogar den stets hungrigen Jungen.

Ähnlich intensive Gerüche gab es nur noch beim Opa. In seinem Zimmer roch es stets nach Schnaps und Tabak. Morgens, nachmittags und abends gab es einen Schnaps und ein Glas Bier. Geraucht wurde die erste Pfeife schon frühmorgens im Bett und dann den ganzen Tag über. Für mich verbindet sich mit diesen Gerüchen Gemütlichkeit und Wohlbefinden. Vor allem, als ich dann als etwa Zwölfjähriger selbst einen Fingerhut Schnaps und ein Schnapsglas voll Bier abbekam, wenn der Opa sich ins Erzählen der immer gleichen Geschichten verlor. Auf diese Weise ließ sich das Ganze gut ertragen.

Mir scheint heute, dass die Gerüche der Kindheit die nachhaltigsten überhaupt sind. Sie konzentrieren sich gewissermaßen auf noch Unbekanntes und sind weniger diffus als die späteren Geruchserfahrungen.

Natürlich kommen immer neue Gerüche hinzu: Der typische Geruch in der Küche, wenn Mutter morgens versuchte, den Ofen anzuheizen. Der sonntägliche Schmorbraten. Die verschiedenen Backgerüche. Der ölige Geruch der Arbeitsanzüge des Vaters und später der älteren Brüder. Der säuerliche Geruch einer meiner Lehrer. Ja selbst der Staubgeruch der Akten in meiner ersten Dienststelle während der Lehrzeit.

Aber keiner dieser Gerüche hatte die Intensität der frühen Kindheitsgerüche, die stets mit einem Gefühl von Abenteuer und Neuem einhergingen.

BILDUNGSWEG

Fremdes Terrain

Erster August 1965. Ich sitze im D-Zug nach Hannover. Meine erste größere Reise allein. Ein neuer Lebensabschnitt beginnt. Hinter mir liegt die sogenannte Jugendzeit. Das Milieu meiner Herkunft. Mein erlernter Beruf. Die vielen flüchtigen Bekanntschaften. Meine Zeit als ehrgeiziger Sportler. Alles, was mir bisher vertraut war.

Ich breche auf ins Ungewisse. Habe alle Brücken hinter mir abgebrochen. Mir geht es schlecht. Ich weiß nicht, worauf ich mich eingelassen habe. Ich habe mich zu einem halbjährigen Kurs zur Vorbereitung auf den Zweiten Bildungsweg angemeldet. Ich hatte Glück, dass ein Platz frei wurde. So rutschte ich noch in den Kurs hinein.

Was hatte mich veranlasst, ein derartiges Risiko einzugehen? Gewiss, ich litt unter der Dumpfheit des Milieus. War unzufrieden mit meiner beruflichen Tätigkeit. Dem ständigen Sich-unterordnen-müssen. Dem Katzbuckeln. Der inhaltsleeren Arbeit. So erinnere ich mich zum Beispiel daran, dass ich einmal ein halbes Jahr lang Akten durchnummerieren musste. Dann wiederum verbrachte ich Tage damit, Karteikarten zu stempeln. Es war eine entsetzlich leere Zeit. Sinnlos. Perspektivlos. Ich suchte nach etwas anderem.

Alles geht mir gleichzeitig durch den Kopf. Der Zug ist fast leer. Neben mir steht der kleine Koffer. Als Handgepäck die geschmierten Brote. Mutter hat sie mir mitgegeben. Keiner zu Hause versteht, was ich vorhabe. Ich auch nicht. Während ich daran denke, kommen mir die Tränen. Ich komme mir verloren vor. Auch ein wenig wie ein Hochstapler. Ich mit meinem Volksschulrepertoire. Dazu ein wenig Handelsenglisch. Und das Spezialwissen, das wir in der Lehre vermittelt bekamen. Alles Dinge, mit denen ich wenig würde anfangen können.

Die Bahnfahrt kommt mir unendlich vor. Ich hoffe, dass sie nie zu Ende gehen möge. Ich überlege ernsthaft, ob ich zurückfahren soll. Aber den Gedanken verscheuche ich sofort. Diese Blöße will ich mir auf keinen Fall geben. Ich habe mich für diesen Weg entschieden und kann nicht mehr zurück. In die öde Kleinstadt. Das enge, von ständigen Konflikten geprägte häusliche Milieu. Das alles hatte sich wie ein Alp auf mein Gemüt gelegt. Nie mehr wollte ich mich dem aussetzen.

Als ich damals nicht zum Militär musste, nahm ich dies als Wink des Schicksals. Ich fasste den Entschluss, mit dem bisherigen Leben zu brechen und etwas vollständig Neues zu beginnen. Nur wusste ich nicht recht was. Da hörte ich von der Möglichkeit, das Abitur nachzuholen, um zu studieren. Aber wie das anstellen? Die Gegend, aus der ich kam, war die Provinz schlechthin. Nicht nur eine pädagogische. Die nächste Uni war weit weg. Ebenso stand es mit der Möglichkeit, das Abitur nachzuholen. Da hörte ich von diesem Vorbereitungskurs.

Tausend widerstrebende Gedanken gehen mir durch den Kopf. Mir bricht der Schweiß aus. Was soll werden, wenn ich mich vergaloppiert habe? Wenn ich es nicht schaffe? Warum habe ich alles auf eine Karte gesetzt? Keine Sicherheiten eingebaut? Keine Rückkehrmöglichkeit vorgesehen? Dazu fehlte mir der Überblick. Vielleicht ahnte ich auch, dass eine solche Hintertür mich bei der ersten Schwierigkeit veranlassen könnte, das ganze Vorhaben abzubrechen.

Je näher ich dem Zielort komme, desto mehr wachsen meine Selbstzweifel. In Hannover muss ich auf einen Nahverkehrszug umsteigen und schließlich erreiche ich den Zielbahnhof. Ein kleiner Bahnhof in einem kleinen Ort. Ich weiß den Weg nicht. Nach einigem Fragen wird mir schließlich die Richtung gezeigt. Es geht einen Berg hinauf. Die Hitze ist unerträglich. Stickig. Schwül. Diese Art Hitze kannte ich bisher nicht.

Oben angekommen, bin ich völlig durchgeschwitzt. Ich sehe schon von weitem die Schulgebäude. Noch kann ich umkehren. Vor einem Gebäude steht eine Gruppe im Halbkreis. Wie eine Wand. Ich trete an sie heran. Grüße ins Leere. Keiner nimmt Notiz von mir. Ich vernehme erste Wortfetzen. Stelle mich schweigend dazu. Nur nicht auffallen. Einer spricht. Die Umstehenden hören aufmerksam zu. Der Sprecher spricht rasend schnell. Wie ein Maschinengewehr. Das meiste ist mir unverständlich. Er spricht über eine mir unbekannte Person. Nach einiger Zeit schnappe ich den Namen Rilke auf. Rilke sei seit langem sein Hobby, vernehme ich. Er benutzt Fachausdrücke, die ich nicht verstehe. Die meisten blicken überrascht und fragend. Einige auch klug. Tun wenigstens so. Jetzt bin ich mir vollends sicher, am falschen Platz zu sein. Wie soll ich hier klarkommen? Ich weiß so wenig. Komme mir erbärmlich vor.

Ich bin viel zu dick angezogen. Hoffentlich spricht mich niemand an. Am liebsten hätte ich mich in Luft aufgelöst. Schließlich läuft die Gruppe auseinander. Es wird zum Essen geläutet. Ich muss mich noch anmelden und bekomme ein Zimmer zugewiesen. Ein Doppelzimmer. Gemeinsam mit einem abgebrochenen Gymnasiasten. Einzelkind. Mutters Liebling. Vorsitzender der Jungen Union in einer nahen Kleinstadt. Vorname: Diederich. Wie der Untertan bei Heinrich Mann.

Tags darauf beginnt der Unterricht. Vieles rauscht wie schon in der Schulzeit an mir vorbei. Nutzloses Wissen. Routiniert dargeboten. Viele Male wohl schon. Man merkt es. Meine Fähigkeit, vom Sport her kommend, mich zu konzentrieren, kommt mir zugute.

Eines der Fächer heißt Technik des geistigen Arbeitens. Eines Tages wird uns ein Text von Aristoteles zum Staat vorgelesen. Eine Stunde lang. Keiner darf sich Notizen machen. Anschließend sollen wir den Inhalt wiedergeben. Ich versuche, mich an einige Passagen zu erinnern. Unzusammenhängendes. Die meisten Teilnehmer schauen ziemlich ratlos um sich. Kaum einer schreibt. Die Zeit verrinnt. Ich werde langsam panisch. Fange an zu schwitzen. Beginne, mir Notizen zu machen. Dabei fallen mir weitere Details ein. Ich beginne erste Sätze zu formulieren. Schließe die Lücken mit meinem Staatskundewissen aus der Verwaltungszeit. So gut es geht. Die Zeit ist um. Ich fühle mich wie zermartert. Leer. Ich habe einige Seiten vollgeschrieben. Weiß aber nicht, was ich geschrieben habe.

Als wir die Arbeit zurück bekommen, wird meine besonders hervorgehoben. Ich habe als Einziger ein Sehr gut erhalten. Ich bin sprachlos. Vollkommen überrascht. Ich hatte mit dem Schlimmsten gerechnet. Und nun das. Es tut mir gut. Zum erstenmal fühle ich mich wohl. Mein Selbstbewusstsein steigt. Ich habe mir eine gewisse Anerkennung verschafft.

Interessant finde ich den Deutschunterricht. Nicht nur wegen des Unterrichts. Der Dozent erregt meine Aufmerksamkeit. Immer ein wenig schlunzig und desorganisiert, merke ich ihm sofort seine Liebe zur Literatur an. Oft sammelt sich eine kleine Gruppe von Schülern nach dem Unterricht um ihn. Man spricht in lockerer Weise über Literatur. Er ist wesentlich jünger als die anderen Lehrer. Sucht den Kontakt zu uns. Ich schließe mich der Gruppe an, wann immer es geht. Immer darauf achtend, nicht aufzufallen.

Während der Wochenenden fahren die meisten Schüler nach Hause. Sie kommen überwiegend aus den umliegenden Orten. Der Dozent, ein weiterer Schüler aus dem Schwäbischen und ich bleiben. Wir treffen uns nun häufiger. Trinken etwas zusammen. Die Beiden palavern über Literatur. Ich habe nichts beizutragen. Höre aber aufmerksam zu. Die Beiden spielen sich die Bälle zu. Berauschen sich an ihren Ausführungen. Schwärmen von diesem und jenem Schriftsteller. Ich höre zum erstenmal Namen wie Franz Werfel, Robert Walser, Franz Kafka oder Alfred Polgar. Ich bin fasziniert von ihrem Wissen. Von der Art, wie sie sich ausdrücken. Das möchte ich auch können.

Mit der Zeit freunden wir uns an. Treffen uns zum Sport. Hier bin ich ihnen überlegen. Viele Stunden verbringe ich an den Wochenenden allein in der Bibliothek. Lese wahllos, was mir in die Hände kommt: Nietzsche, Schopenhauer, Berdjajew, Alexander Herzen. Aber auch die Literaten, deren Namen ich behalten habe. Ich lese viel und verstehe wenig. Aber es tut mir gut.

Einmal im Monat findet sonntags eine Matinee statt. Jeder Schüler muss sich aktiv daran beteiligen. Einzeln oder in Gruppen muss ein Thema bearbeitet werden. Diese Veranstaltungen erlebe ich intensiv. Es wird Anregendes dargeboten. Texte von Tucholsky oder Kästner. Chansons. Auch Klassisches. Mein Horizont erweitert sich. Der schon erwähnte Rilke-Kenner trägt Gedichte von ihm vor. Nicht nur von Rilke, auch eigene. Eines seiner vielstrophigen Gedichte endet jedes Mal auf

Nato oliv. Er rezitiert theatralisch. In drohendem Tonfall. Verausgabt sich völlig. Ich bin beeindruckt. Aber auch ein wenig peinlich berührt.

Ich hatte vor längerer Zeit ebenfalls ein Gedicht geschrieben. Mit viel Herzblut. Hatte mir mein jugendliches Leid von der Seele geschrieben. Einfach so, da man mit niemandem reden konnte. Nach Wochen wagte ich es vorzutragen. Im kleinen Kreis. In Anwesenheit des Deutsch-Dozenten. Alle blickten etwas ratlos. Er ermutigte mich.

Ich finde allmählich eine Orientierung. Beginne mich sicherer zu fühlen. Nach einigen Wochen gehöre ich zu den etwas interessanteren Leuten. Aber ich weiß immer noch nicht, wie es mit mir weitergehen würde. Der Lehrgang nähert sich dem Ende. Ich mache eine Aufnahmeprüfung bei einem Kolleg, an dem man das Abitur nachholen kann. Der psychische Druck ist enorm. Einige Teilnehmer unseres Lehrgangs hatten bereits an Prüfungen teilgenommen und waren durchgefallen. Ich durfte nicht versagen. Ich musste es schaffen. Wir fuhren zu dritt zur schriftlichen Prüfung. Zwei von uns bestanden. Ich war dabei. Kurz vor Weihnachten fand die mündliche Prüfung statt. Sogenannte Allgemeinbildung war gefragt. Man fragte mich, was ich davon hielt, dass Hindenburg Hitler zum Reichskanzler berufen hatte. Ich antwortete treuherzig: Hindenburg sei zu diesem Zeitpunkt bereits ein alter Trottel gewesen, der nicht mehr wusste, was er tat. So hatte es mir mein Opa berichtet. Die Prüfer schauten sich vielsagend an. Nach einigen Tagen erhielt ich Bescheid, dass ich die Prüfung bestanden hatte. Ich weiß bis heute nicht wie. Aber ich hatte es geschafft.

Viele derjenigen, die mich anfangs so eingeschüchtert hatten, durch ihr Auftreten, ihr Selbstbewusstsein, ihre Art zu reden – sie mussten unverrichteter Dinge wieder in ihren alten Beruf zurückkehren. Sie taten mir leid. Mir wäre es nicht möglich gewesen. Ich war noch einmal davongekommen.

Meine Studentenbewegung

Welche Bedeutung sie für mich hatte, ist schwer abzuschätzen. Ich begann im Herbst 1968 mein Studium. Aber das Interesse an den Ereignissen in den studentischen Metropolen setzte bereits früher ein. Spätestens Anfang 1967. Dutschke war in vielen Medien präsent. Es erschienen Artikel mit Titeln wie: Was wollen die Studenten? Auch in unserer örtlichen Zeitung. Der Tenor war in Teilen wohlwollend. Berechtigte Kritik an Missständen der Universität und Fehlentwicklungen in Staat und Gesellschaft. Insgesamt aber skeptisch, insbesondere was die Ziele der Studentenbewegung anging.

Es war keine Frage, dass ich für die Studentenbewegung Partei ergriff. Ich schrieb einen langen Leserbrief an die Zeitung. Ich verwahrte mich vor allem dagegen, dass man von den studentischen Kritikern das Modell einer künftigen Gesellschaft erwartete. Und ich nahm die Studenten vor der Unterstellung in Schutz, sie strebten Verhältnisse wie in der damaligen DDR an. Davon konnte nun wahrlich nicht die Rede sein.

Zu meiner Überraschung wurde meine Stellungnahme veröffentlicht. Mit einem Bild Dutschkes inmitten des Textes. Ich bekam sogar ein Honorar von 30 DM. Vor allem aber bewirkte der Artikel, dass mein Bekanntheitsgrad an dem Kolleg, an dem ich damals das Abitur nachholte, wuchs. Einige Lehrer sprachen mich an. Ebenso einige Schüler, ob sie nun meine Auffassung teilten oder nicht. Da bereits kurze Zeit vorher ein

Schulaufsatz von mir schulintern veröffentlicht worden war, in dem ich die russische Revolution verteidigt hatte, wurde ich von Teilen der Schülerschaft bewundert. Ich hatte mich bekannt. Man wusste, woran man mit mir.

Einige Zeit später wurde ich gebeten, auf einer öffentlichen Juso-Veranstaltung zu sprechen. Zum Thema: Der Konflikt Moskau – Peking. Davon verstand ich nicht viel. Ich wollte mir jedoch keine Blöße geben. Kaufte mir ein Buch von Klaus Mehnert und bastelte mir ein Referat zusammen. Die Veranstaltung fand in einer Art Beat-Keller statt. Der Name: Stone Age. Der Raum war brechend voll. Mir schlotterten die Knie. Erst als ich am improvisierten Rednerpult stand und die ersten Sätze gesprochen hatte, beruhigte ich mich allmählich. Mit fortdauernder Rede gewann ich an Sicherheit und fühlte mich schließlich ganz wohl. Eine Erfahrung, die ich später des öfteren machte.

Ich vertrat die These, dass der chinesische Kommunismus sich nicht nach Maßgabe Moskauer Richtlinien entwickeln werde, sondern aufgrund eigener kultureller Traditionen einen spezifischen Weg einschlagen werde. Dies führte zu heftigen Diskussionen mit den Anhängern einer moskautreuen Fraktion unter den Studenten und Schülern, die zuhörten. Es wurde eine lebhaft geführte Debatte, von der tags darauf die Lokalpresse berichtete. Ich hatte das Gefühl, Teil einer bedeutenden Entwicklung zu sein.

Dieser Abend sollte noch in ganz anderer Hinsicht bedeutsam für mich werden: Direkt gegenüber dem Rednerpult stand sie. Sie besuchte ebenfalls einen Lehrgang an unserem Kolleg. Wir hatten uns schon von weitem beäugt, aber nicht den Mut gehabt, einander anzusprechen. Jedesmal wenn ich sie sah, erhöhte sich mein Pulsschlag. Das Problem war nur, dass sie einen festen Freund hatte. Wie also an sie rankommen? Nun, ich wertete es als gutes Zeichen, dass sie an der Veranstaltung teilnahm. Sie war also politisch interessiert. Das bot Anknüpfungspunkte. Und genauso kam es: Auf dem Weg zum Kolleg sprach ich sie an. Es regnete. Sie besaß einen Schirm. Lud mich ein, unter den Schirm zu kommen. Ich hielt den Schirm, sie hakte sich bei mir ein. Es passte gut. Zu reden hatten wir genug, wie sich herausstellte. Es war der Beginn einer großen Liebe, die bis heute anhält.

In der Folge nahmen wir rege an den Ereignissen in den Metropolen teil. In Frankfurt führte der SDS Marx-Schulungen durch. An Wochenenden. Ich nahm daran teil. Behandelt wurde die Deutsche Ideologie. Die Schulung wurde von einem der studentischen Anführer geleitet: Hans-Jürgen Krahl. Er dozierte etwa eine Stunde lang. Ich verstand wenig bis nichts. Dennoch war es faszinierend, wie er formulierte. Es gab einige Nachfragen, aber keine Diskussion. War ich der einzige, der nichts verstand? Ich hatte nicht den Eindruck. Mit zwiespältigen Eindrücken fuhr ich zurück. Las den Text im Original. Prägte mir Stellen ein. Versuchte mich zu erinnern. Mit welcher Selbstverständlichkeit Worte wie Revolution ausgesprochen wurden. Welchen Klang sie hatten. Welch Wohlbefinden sie auslösten. Umgekehrt war es mit Begriffen wie Demokratie und Freiheit. Sie erschienen uns als bloße Ideologie, ja als Betrug. Man setzte die Begriffe mit der Wirklichkeit ineins. Sollte das Demokratie sein, was draußen stattfand? Meinungsfreiheit? Die Zweifel wuchsen.

Eine neue Qualität erreichte unser Interesse nach dem Tod von Benno Ohnesorg. Ohnesorg wurde anlässlich einer Anti-Schah-Demonstration von einem Polizisten erschossen. Auf der Strasse liegend. Für uns war das glatter Mord. Die Springer-Presse tat alles, die Tatsachen zu verdrehen. Die Studenten wurden als gewalttätig gebrandmarkt, die Polizisten als Verteidiger des Rechtsstaats. Unsere Empörung war ungeheuer. Für uns war klar, was sich hier abspielte: Die Manipulation eines ganzen Volkes. Ja, dessen Aufhetzung gegen die Studenten. Und keiner unternahm etwas gegen diese Schmierfinken.

Spontan fuhren wir nach Frankfurt, wo eine riesige Protestdemonstration gegen Springer stattfand. Dieses Ereignis war überwältigend. Man war emotional total engagiert. Hasste die fadenscheinigen offiziellen Rechtfertigungen. Glaubte, den Staat als das erkannt zu haben, was er tatsächlich in weiten Teilen auch war: Autoritär und durch und durch vom Geist der Vergangenheit geprägt. Vor allem in Bereichen der Justiz und Polizei. Darin sahen wir Repressionsorgane. Übertroffen wurde alles nur noch von der Bildzeitung, deren Gift weite Teile der Bevölkerung infizierte. Die Verlagsgebäude des Springer-Konzerns wurden blockiert. Es gab handfeste Krawalle. Berittene Polizei trieb Gruppen von Studenten in Nebenstraßen und knüppelte sie nieder. Unterstützt von Wasserwerfern. Ich habe es mit eigenen Augen gesehen. Es empörte mich zutiefst. Vor allem, wenn man tags darauf die Kommentare in den Medien las. Es fand eine üble Hetze gegen die Studenten statt. Fast in allen Medien. Die Fronten standen sich unversöhnlich gegenüber. Der Konflikt eskalierte ständig. Die Auseinandersetzungen wurden immer militanter.

Es folgten weitere Demonstrationen gegen den Vietnam-Krieg der USA, der von der deutschen Regierung geduldet, wenn nicht sogar unterstützt wurde. Der Protest fand weltweit statt. Man fühlte sich als Teil einer geschichtlichen Bewegung der jungen Generation gegen das verknöcherte System des Spätkapitalismus und seiner Staatsmacht.

Ein Höhepunkt war der Pariser Mai 1968. Hier spitzte sich die Lage dermaßen zu, dass de Gaulle um Paris herum das Militär auffahren ließ. Ich weiß noch, wie mich das empörte und zugleich erschaudern ließ. Mit Hochspannung wartete man auf die neuen Nachrichten aus Frankreich. Würde es zu einem Zusammenschluss von Studenten- und Arbeiterbewegung kommen? Man glaubte den Atem der Geschichte zu spüren.

Bei uns arbeitete man mit Hochdruck an den Notstandsgesetzen. Was anders sollte man darin sehen, als den Versuch des Staates, seine autoritäre Macht zu sichern? Das Parlament auszuschalten und die öffentliche Meinung gleichzuschalten?

Was sollten wir tun, was konnte man tun? Wir riefen spontan einen Schulstreik aus. Hängten ein Plakat an das Kolleg. Marschierten zu anderen Schulen, die sich teilweise anschlossen und zogen mit einem Demonstrationszug von einigen Hundert Teilnehmern zu einer nahegelegenen Fabrik. Die Arbeiter hatten gerade Pause. Wir standen vor dem Werkstor, sie dahinter. Wir forderten sie auf, sich uns anzuschließen. Sie amüsierten sich über uns. Begannen uns zu beschimpfen. Wir zogen resigniert von dannen. Unsere Revolution in der Kleinstadt war zu Ende. Den Schulstreik setzten wir noch einige Tage fort. Wir diskutierten. Der stellvertretende Direktor ließ das Streik-Plakat entfernen. Wir holten es uns aus dem Rektorat zurück. Der Direktor sympathisierte mit uns. Zurückhaltend, mäßigend, aber immerhin. Ein alter Sozialdemokrat. Ehemaliger Bundestagsabgeordneter, der hier seinen Ruhesitz gefunden hatte. Auch ein Teil der Lehrer sympathisierte mit uns. Das führte dazu, dass die Situation nicht eskalierte, keine Polizei gerufen wurde und die Lage sich mit der Zeit beruhigte. Die örtliche Presse überschlug sich zwar. Aber unser Kolleg war ohnehin als „linke Kaderschmiede" verschrien.

Während dieser Tage wurde zu einer bundesweiten Demonstration in Bonn aufgerufen. Wir – d.h. einige der engagierten Schüler und ich – fuhren hin. Etwa vierzigtausend andere auch. Böll trat auf. Ernst Bloch. Der Vorsitzende der IG Metall Otto Brenner. Aber die Gewerkschaften sprachen nicht mit einer Stimme. Sie waren gespalten. Wie immer, wenn es drauf ankam. Die staatsloyalen überwogen. Die staatskritischen waren deutlich in der Minderheit.

Beide Ereignisse bewirkten bei mir eine gewisse Ernüchterung. Ich erkannte klar, wie isoliert die studentische Bewegung war. Und wie unmöglich es ihr war, den studentischen Kontext zu überwinden. Darin stimmte ich mit meinem Klassenlehrer, mit dem ich mich in dieser Zeit anfreundete, vollständig überein. Wir kamen beide aus der Arbeiterschicht. Wussten, wie diese dachten. Wie entpolitisiert sie waren, wie lethargisch. Der ganze studentische Jargon erreichte sie nicht. Deren Verhaltensweisen. Deren Instrumentalisierungsversuche. Die ständigen Reden von Revolution, Faschismus, Ausbeutung verfingen bei ihnen nicht. In Teilen mag es Sympathien für die Studenten gegeben haben. Die Masse jedoch fühlte sich eher befremdet. Der studentische Jargon verselbständigte sich mehr und mehr. Die Studenten begannen sich mit sich selbst zu beschäftigen. Spalteten sich in Gruppen und Grüppchen, fochten ihre ideologischen Zwistigkeiten untereinander aus und verloren an Bedeutung. Teile propagierten die offene Gewalt, wie sie später in der RAF Gestalt annahm. Andere gingen in die Fabriken, um das System von innen aufzurollen. Andere begannen den sog. Marsch durch die Institutionen, der nicht selten mit der persönlichen Karriere einherging.

Für mich war es eine Zeit großer persönlicher Umwälzungen. Ich hatte die Liebe kennen gelernt. Wir versuchten viele der Ideale, die wir als richtig erkannt hatten, zu leben. Gingen, wo immer es möglich war, unseren Weg gemeinsam. Stärkten uns gegenseitig. Versuchten, unsere persönlichen Macken abzustreifen. Uns miteinander weiter zu entwickeln. Das war das Größte und Entscheidende. Wir versuchten, bewusst zu leben. Nahmen uns viel Zeit für unsere Beziehung. Besprachen vieles. Suchten Übereinstimmungen. Entwickelten Regeln, mit denen wir leben konnten. Ließen uns gegenseitig Raum. Zum Beispiel in der Aufteilung der Wohnung. Wir hatten auch in der kleinsten Wohnung (unsere erste umfasste 27 qm) immer jeder unsere eigene Wohneinheit mit Bett und Schreibtisch. Zeitweise haben wir in derselben Stadt in zwei Wohnungen gelebt, obwohl wir verheiratet waren. Das hatte durchaus Vorteile. Man rückte sich nicht ständig mit allem möglichen Alltagskram auf die Pelle. Vermied es, sich durch Routinen abzuschleifen. Freute sich aufeinander, wenn der andere zu Besuch kam. Ließ sich was einfallen. Behandelte den Partner als Gast. Deckte den Tisch, wenn man gekocht hatte. Sorgte für kleine Überraschungen. Hatte sich Neues zu erzählen. Sparte sich auf für den anderen. Konnte sich sein Leben einrichten, wie man wollte. Bis heute verbringen wir etwa die Hälfte unserer Zeit getrennt. Das erhält die Spannung. Mit allen Vor- und Nachteilen, die ein solches Leben nun mal hat.

Wir haben unsere Beziehung offen gestaltet. Aber immer auch darauf geachtet, den anderen nicht zu überfordern. Um sich weiter zu entwickeln in einer Beziehung, muss man Konflikte aushalten und Krisen durchstehen. Sonst gibt es schnell Stillstand und Routine. Wir haben viel miteinander geredet. Einander zugehört. Sich in den anderen hineinversetzt. Einander geholfen. Vertrauen aufgebaut.

Vieles mussten wir mühsam erlernen. Wir hatten es nicht gelernt, Konflikte auszutragen, Dinge auszudiskutieren. Überhaupt zu diskutieren. So etwas bekam man in den autoritären Institutionen Familie und Schule nicht mit. Wir haben versucht, den kulturellen Umbruch in den Lebensgewohnheiten, der durch die Studentenbewegung ausgelöst wurde, ganz persönlich zu leben. Vieles davon schien uns richtig.

Die Eltern beargwöhnten unser Leben und Treiben. Aber wir waren Kinder der Zeit. Die Eltern, d.h. vor allem die Väter standen nicht hoch im Kurs. Sie hatten zu lange geschwiegen. Über den Faschismus. Ihre Beteiligung daran. Was hatten sie im Krieg getrieben? Wo waren sie gewesen? Was hatten sie sich zuschulden kommen lassen?

Unsere Generation fand, jetzt, nach über dreißig Jahren, sei es an der Zeit, sich mit dieser Phase der deutschen Geschichte auseinander zu setzen – endlich. Aber es herrschte großes Schweigen. Entsprechend aggressiv wurden die Fragen. Ich erinnere mich an eine typische Auseinandersetzung mit dem Vater meiner Frau. Er warf uns wieder einmal vor, wir malten uns die Wirklichkeit rosarot, hätten nur Flausen im Kopf und was der Vorwürfe mehr waren. Darauf habe ich ihm trocken und hart geantwortet: Ihr seid einem Anstreicher nachgelaufen, nicht wir, vergiss das nicht. Daraufhin herrschte peinliches Schweigen. Ein Gespräch zwischen den Generationen fand nicht statt.

Den Müttern waren derartige Auseinandersetzungen eher peinlich. Sie hatten zum Teil die gleichen Fragen und bekamen ebenso wenig Antworten darauf wie wir. Meine Mutter identifizierte sich ohnehin eher mit ihren Kindern. Auch als ich den Bruch mit dem Milieu vollzogen hatte, war sie es, die zunehmend stolz darauf war, dass ihr Junge das Abitur machte und studierte. Den Vater interessierte das nicht sehr. Er verstand die Welt immer weniger. Wurde nach und nach immer apathischer.

Für mich war das Abitur eine große Herausforderung. Man konnte das Abitur nicht auf die gleiche Weise ablegen, wie die Generation vor uns. Wir rebellierten gegen die Lerninhalte. Gemeinsam mit einem Kollegen verweigerte ich im Vorabitur zweimal eine Klausur. Es fand eine Lehrerkonferenz mit dem Ziel statt, uns vom Kolleg zu entfernen. Man drohte uns. Wir blieben standhaft. Wir haben diese Klausur, die im Abfragen bürgerlichen ökonomischen Wissens bestand, nicht geschrieben. Wir bestanden darauf, dass das Phänomen der Wirtschaftskrise, das in den ökonomischen Modellen unseres Schulökonomen nicht vorkam, behandelt wurde. Wir machten inhaltliche Vorschläge dazu. Lasen den „kleinen" Mandel. Ernest Mandel, den belgischen Sozialisten und marxistischen Ökonomen, der vom späteren Innenminister Genscher ein Einreiseverbot in die Bundesrepublik erhielt.

Wir wurden zum Abitur zugelassen, da die Mehrheit des Lehrer-Kollegiums für uns stimmte. Vor allem der Klassenlehrer und der Direktor. Unser so sehr verachteter, alter Sozialdemokrat. In der mündlichen Prüfung referierte und diskutierte ich einen Text von Henri Lefèvre: Probleme des Marxismus heute. Ein kleiner Suhrkamp-Band. Die Lehrerschaft war beeindruckt. Auch unser Ökonom schwenkte ein, zumal ich ihm in ökonomischen Fragen das ein oder andere Mal Paroli bieten konnte. Nach einer Stunde erhoben sich die Lehrer und applaudierten mir. Ich wusste nicht, wie mir geschah. Ja, ich war stolz darauf, mich nicht angepasst zu haben. Von Widerstand zu reden, wäre zu hoch gegriffen. Unsere Verweigerung geschah dennoch nicht gänzlich spontan. Sie war im Gegenteil kalkuliert. Sie hatte den Zweck, den Schülern vor Augen zu führen, dass man uns Wissen einpaukte, das mit der Realität wenig zu tun hatte. Die uns vorgeführten ökonomischen Modelle führten immer zu einem Gleichgewicht. In der Realität aber hatten wir die erste Wirtschaftskrise der Nachkriegszeit. Es gab Arbeitslosigkeit. In den Modellen spielte all das keine Rolle. Wir waren empört und wehrten uns. Erst als der zuständige Lehrer sich als unfähig erwies, auf unsere Vorschläge einzugehen, verweigerten wir die Gefolgschaft. Und jetzt – obwohl die Zulassung zum Abitur davon abhing – konnten wir nicht kneifen. Wir ließen uns durch keine Drohung umbiegen. Wir blieben konsequent.

Es gab auch in meinem späteren Leben immer wieder einmal Situationen, in denen ich ähnlich handelte. Dabei muss ich hinzufügen, dass ich nie besonders mutig war oder danach drängte, mich hervorzutun. Aber an bestimmten Punkten, zum Beispiel wenn Ungerechtigkeiten geschahen, machte ich keine Kompromisse. Diesen Charakterzug muss ich von der Mutter mitbekommen haben, die einen ausgesprochenen Gerechtigkeitssinn besaß. Vielleicht hatte aber auch das Verhalten meines Opas auf mich abgefärbt. Dieser hatte, ohne nun gleich als Widerstandskämpfer zu gelten, im Faschismus eine Art zivilen Ungehorsams praktiziert. Durchaus riskant. War auch dafür bestraft worden. Mit einem Monatslohn. Der Androhung von Gefängnis. Er ließ sich nicht beirren. Weigerte sich als Mitglied der Werksfeuerwehr, eine braune Uniform zu tragen. Nazilieder zu singen. Bewegte nur den Mund ohne zu singen. Auch den Hitler-Gruß brachte er nicht über die Lippen.

Er blieb bei seinem Moin-Moin. All das mag mich beeinflusst haben. Ich ging meinen Weg jedenfalls mit erstaunlicher Konsequenz weiter. Wunderte mich zuweilen selbst über mich.

Ein weiterer Höhepunkt stand bevor: Die Abitur-Feier. In einer Abstimmung unter den Schülern wurde mit Mehrheit entschieden, dass ich die Abitur-Rede halten sollte. Es wurde eine Abrechnung mit den gesellschaftlichen Verhältnissen und denen der Schule. Keine der üblichen Danksagungen an die Lehrerschaft. Für die Lehrer sprach mein Klassenlehrer. Er wies auf die demokratischen Traditionen der deutschen Arbeiterbewegung und in Teilen des Geisteslebens hin und nannte Karl Marx und Rosa Luxemburg die größten Deutschen. Ein mittlerer Skandal. Der Bürgermeister verließ noch während unserer Reden den Festsaal. Die Lokalpresse tat ihr übriges. Und meinem Lehrer, der ein wahrhaft humanistischer Erzieher war, hätte ein Disziplinarverfahren ins Haus gestanden. Er verließ das Kolleg und ging mit seiner spanischen Frau nach Kolumbien.

Die Erfahrungen dieser Zeit möchte ich nicht missen. Sie haben mich persönlich aufgewühlt, aber auch weiter gebracht. Dabei boten meine Herkunft, aber auch meine Berufserfahrungen einen gewissen Schutz gegen viele der Illusionen, die von Teilen meiner Generation geteilt wurden. Zwar benutzte auch ich das Vokabular dieser Jahre. Aber ich war mir doch klar darüber, wie wenig es mit der Wirklichkeit übereinstimmte. Ich kannte das Arbeitermilieu und hatte nie ganz den Kontakt zur Gewerkschaft verloren. In der Gesellschaft herrschte alles andere als eine revolutionäre Aufbruchstimmung.

Gleichwohl haben diese Jahre mein Selbstbewusstsein erheblich gestärkt. Aus dem wachen, aber reichlich unbedarften

Jungen aus der Provinz war ein junger Mann geworden, der nun doch auf einige Lebenserfahrung zurückblicken konnte. Und der sich und anderen bewiesen hatte, dass er den von ihm eingeschlagenen Weg konsequent weiter ging. Entsprechend selbstbewusst begann ich mein Studium. Ich bekam ein sogenanntes Hochbegabten-Stipendium. Damit war die ökonomische Basis des Studiums gesichert. Obwohl das Stipendium nicht üppig war, haben wir kaum jemals finanzielle Probleme gehabt. In irgendeiner Jacken- oder Hosentasche fanden sich immer ein paar Mark, um am Monatsende noch ein Bier trinken zu können.

Ich mied so weit wie möglich die studentischen Zirkel. Wurde nicht Mitglied einer Studentengruppe. Ich konnte mich mit keiner anfreunden. Ich fand im Gegenteil das studentische Milieu zunehmend abgehoben. Selbstbezogen. Konnte nicht nachvollziehen, wodurch sich die jeweiligen Gruppen unterschieden. Erkannte die Eitelkeiten ihrer Anführer, die sich vorkamen, als wären sie historische Figuren. Die meisten waren Plagiatoren.

Das hieß nicht, dass ich keine Kontakte unterhielt. Selbstverständlich. Über die Teilnahme an Seminaren. Aber auch in der Kneipe. Ich kannte die meisten von ihnen persönlich. Diskutierte viel mit ihnen. Es waren intelligente Figuren darunter. Aber auch seltsam Verirrte. Weltfremde. Doch einige davon zogen mich an. Ich studierte sie aus der Nähe. Wusste aber auch, dass ich mit ihnen wenig gemein hatte. Sie entstammten in der Regel bürgerlichen oder kleinbürgerlichen Elternhäusern. Einige führten ein seltsames Doppelleben. Während sie an der Universität den wilden Revolutionär spielten, wechselten viele von ihnen am Wochenende den Dress und holten sich zu Hause den monatlichen Scheck ab. Das konnte ich zwar nachvollziehen, aber nicht billigen. Ich sah darin eine seltsame Inkonsequenz.

Auch in ihren sonstigen Lebensgewohnheiten waren die meisten wenig überzeugend. Je öfter Begriffe wie anti-autoritär oder herrschaftsfrei die Runde machten, desto repressiver verhielten sich viele in ihren jeweiligen Kontexten: den Wohngemeinschaften, den studentischen Gruppen, den persönlichen Beziehungen. Bei vielen spürte man das Ausmaß der eigenen Überforderung, der sie sich auslieferten. Im Umgang mit Sexualität, in ihren politischen Ansprüchen. Die Häufigkeit ihrer wechselnden Beziehungen, die Konjunktur der politischen Ansichten – all das führte dazu, dass sich kaum Persönlichkeiten stabilisieren konnten. Dabei gab es geniale Typen unter ihnen. Aber sie wirkten auf mich irgendwie gebrochen. War man mit ihnen allein, konnte man sich wunderbar unterhalten und locker sein. Traten sie vor Gruppen auf – sei es im Seminar, sei es in politischen Zusammenhängen – verwandelten sich einige in Agitatoren und waren gewissermaßen außer sich.

Ich habe vieles nur als Beobachter wahrgenommen. Gehörte weder zum Kern einer Wohngemeinschaft, noch zur Ingroup einer politischen Gruppe. Aber mir fiel auf, dass deren Konflikte immer banaler wurden. Die Wohngemeinschaften stritten sich um Müll und Abwasch. Die politischen Gruppen gebärdeten sich immer wortradikaler, aber irgendwie inhaltsleer. Mehr und mehr wurden Phrasen gedroschen. Das ganze wurde zur Farce. Man begab sich in Selbsterfahrungsgruppen und beschäftigte sich mehr und mehr mit sich selbst. Es begann das unsägliche Psychologisieren. Meist blieb dann nur noch die persönliche Nabelschau.

Obwohl ich nie einer politischen Gruppe angehörte, wurde ich in zwei Fachschaften gewählt. Einmal im Philosophischen Seminar – einem kleinen, feinen Club in einem alten Bürgerhaus. Hier genoss ich das Privileg, an den Seminarkonferenzen und internen Colloquien teilnehmen zu dürfen. An diesen schien die Zeit vorüber gegangen zu sein. Diskutiert wurde in altehrwürdiger Runde. Die Professoren galten noch etwas. Es waren die alten Strukturen, die nur gelegentlich – zum Beispiel beim Neuzuschnitt der Fachbereiche – etwas durchlüftet wurden. Es war eine gemütliche Zeit. Ich habe die meisten Seminarscheine in Philosophie gemacht, worüber ich noch heute froh bin. Kant, Hegel, Heidegger – sie wurden hier gelesen und interpretiert. Ich habe es sehr genossen.

Dagegen wehte im Politischen Seminar ein anderer Wind. Hier fand noch Studentenbewegung statt. Seminare und Vorlesungen wurden gesprengt. Studienordnungen gekippt. Inhalte umgekrempelt. Ich erinnere mich, dass wir eine Vorlesung zur Industriegesellschaft boykottierten. Uns war der Vorlesungsstoff zu einseitig. Der Begriff Industriegesellschaft schien uns ein verharmlosender zu sein, der zudeckte, was im Namen des Kapitalismus geschah. Auch passte uns die politische Einstellung der veranstaltenden Professorin nicht. Sie war hochschulpolitisch gegen uns. Wir einigten uns auf einen Kompromiss: Abwechselnd trug sie vor und in der Woche darauf gestalteten wir eine Vorlesung. Nie hätte ich gedacht, dass die Ausarbeitung einer einzigen Vorlesung derart mit Arbeit verbunden war. Wir schufteten dafür, schon weil wir uns keine Blöße geben konnten. Gelernt wurde viel dabei. Wir lasen, diskutierten und arbeiteten bis in die Nächte.

Ähnlich war es in anderen Fächern. Vor allem in kleinen Gruppen, die sich zusammenfanden, habe ich viel gelernt. Wir lasen

Freud, Marx, die Frankfurter Schule, die Großen der Politischen Ökonomie und vieles mehr. Während der Semesterferien haben meine Frau und ich den ersten Band des Kapital gelesen. Eine Fron. Ich habe dann später noch zusätzlich die beiden anderen Bände gelesen. Auch keine Leichtkost.

Im dritten Semester wurde ich zum Tutor bestimmt. Jetzt merkte ich den Unterschied, ob man einen Text nur passiv las oder ihn vor Studenten reproduzieren und erklären musste. Ich las intensiver und verstand neu. Vor allem wurde deutlich, was man nicht verstanden hatte. Zwar konnte man mit Floskeln einiges überspielen – aber insgesamt musste man schon verstehen, um sein Wissen vermitteln zu können.

Ich absolvierte mein Studium ohne Schwierigkeiten. Nahezu glanzvoll. Ich betone dies gewiss nicht aus Eitelkeit. Sondern weil mir immer klarer wurde, dass ich ohne die Erfahrungen der Jahre der Studentenbewegung vieles an Enthusiasmus, Engagement und Willensstärke nicht aufgebracht hätte. Vieles hatte in unsere persönliche Entwicklung Eingang gefunden. Wirkte sich auf unsere Lebensweise aus. Es waren intensive und prägende Jahre. Wie viele Persönlichkeiten haben wir kennen gelernt, die wir nicht hätten missen mögen. Wie durchschaute es einen, wenn einer unser alten Professoren im Exil gewesen war. Kontakt mit Brecht, Korsch, Adorno oder Horkheimer hatte. Wenn er aus eigenem Erleben aus der alten Arbeiterbewegung berichten konnten. Wie erschütterte uns ein Lebenslauf, der von Zuchthaus, KZ oder Exil geprägt war. In solchen Situationen spürte man, das nicht alles nur Theorie war, was uns geboten wurde. Es war die Erfahrung einer Minderheit in einer Generation, die wir noch kennen lernen durften. Und zu denen wir uns ein wenig zugehörig fühlen durften. Auch das gehört unwiederbringlich zu diesen Jahren dazu.

Wenn ich mir heute diese Zeit vor Augen führe, so durchläuft mich immer noch ein Schauer: Einmal davor, dass man viele Illusionen der Studentenbewegung geteilt hat. Dass man ihr Vokabular so umstandslos benutzte. Dass man ihre Enttäuschungen erlitt. Aber auch und gerade wegen der positiven Erfahrungen, die mit dieser Zeit verbunden waren. Es war uns möglich, ein hohes Maß an Integrität und Identifikation zu entwickeln. Ohne die persönlichen Katastrophen und Brüche unserer Elterngeneration, denen so ziemlich alles abhanden gekommen war, woran sie geglaubt hatten.

Das ist uns trotz aller einsetzenden Zweifel und Distanzierungen nicht passiert. Denn der persönliche und politische Kompass, den wir uns teilweise hart erarbeitet haben, er taugt sehr wohl, um uns auch in den Stürmen der Jetztzeit Orientierung zu sein. Wir haben davon nicht so viel abzustreifen. Im Gegenteil. Manchmal kommt es mir so vor, als müssten wir viele der Debatten dieser Zeit erneut führen. Viele der Schriften wieder lesen. Noch einmal dort beginnen, wo wir vielleicht zu früh aufgehört haben. Ich bin mir nicht sicher. Nie habe ich verstanden, wie schnell manche der Weggenossen Dinge, die sie einmal als richtig erkannt hatten, über Bord warfen. Sich drehten und wendeten. Es hieß dann, sie hätten sich weiterentwickelt. Mir passierte das – jedenfalls was fundamentale Einsichten beispielsweise in den Klassencharakter unserer Gesellschaft anging – nicht. Mir fehlte es an Wendigkeit. Für die vielen Wendungen war ich wohl nicht schnell genug.

Sicher aber weiß ich, dass wesentliche Aspekte unserer Persönlichkeit in diesen Jahren geprägt wurden und unser Leben bis heute bestimmen. Und das ist doch auch etwas.

EIGENSCHAFTEN

Müdigkeit

Als ich Handkes „Versuch über die Müdigkeit" las, wurde mir klar, wie sehr er damit eine auch für mich existentielle Daseinsweise beschrieben hat. Solange ich mich erinnern kann, gehörten die diversen Zustände der Müdigkeit zu meinen wesentlichen Erfahrungen.

Als Kind liebte ich es, das morgendliche Aufstehen hinauszuzögern. Noch zu dösen. Mich in den Tag hineinzuträumen. Mein älterer Bruder und ich schliefen in einem Bett. Wie liebte ich es, auf den Augenblick zu warten, wo ich endlich allein war. Mich ungehindert strecken konnte. Die Wärme des Betts genießen. Einen Zustand völliger Ruhe erleben. Zwar waren dies nie Zustände entspannter Ruhe (ich musste befürchten, wieder einzuschlafen und erneut geweckt zu werden – was auch häufig geschah), aber dennoch sehnte ich mich nach diesen Augenblicken.

Als ich später ein eigenes Zimmer hatte, konnte ich meine Müdigkeitszustände regelrecht zelebrieren. Während der Lehrzeit ruhte ich für kurze Zeit in der Mittagspause. In der darauf folgenden Schulzeit am Kolleg gehörte der ausgedehnte Mittagsschlaf zum täglichen Ritual. Sobald ich etwas Anstrengendes zu lernen hatte (oder auch nur literarische Texte zu lesen hatte), überkam mich regelmäßig einer dieser Müdigkeitsanfälle. Noch später, schon im Beruf, entwickelte ich die Technik des Kurzschlafs auf dem Bürostuhl. Insbesondere bevor ich mit dem Schreiben von Texten begann. Erst noch einmal die Augen schließen, kurz einnicken, einen Moment lang völlig abschalten – das war die immer wiederholte Prozedur der Entspannung und Konzentration. Hatte ich längere Texte zu lesen, gehörte der zwischenzeitliche Kurzschlaf, etwa alle Stunde, dazu. Sonst nahm ich nur wenig von den Texten auf. Während dieser Schlafpausen entwickelte ich häufig eigene Ideen zu den Texten, war also durchaus produktiv. Oft sprang ich danach auf und machte mir Notizen dessen, was ich im Halbschlaf an Gedanken weitergesponnen hatte.

In der Regel führte diese Technik des Kurzschlafs dazu, dass ich mich schnell erholte. Zog sich dieser Zustand – beispielsweise beim Schreiben größerer Texte – über Tage dahin, schaffte ich es, den Kopf aufzuklaren und mich völlig auf das Schreiben zu konzentrieren. Das Produktivsein hielt mich über Stunden hellwach und ließ mich die Zeit vergessen. Es führte zu regelrechten Glückszuständen. Nichts war schöner, als mit dem Schreiben vorangekommen zu sein, ein Gefühl des Gelingens zu haben und danach in eine wohlverdiente Erschöpfung zu verfallen.

Von diesen geradezu habitualisierten Müdigkeitszuständen muss man jene unterscheiden, die man Daseinsmüdigkeit nennen könnte. Zustände der Niedergeschlagenheit, Verzweiflung, Entmutigung. Diese waren durch Schlaftechniken nicht zu kompensieren – bestenfalls zu mildern. Ja, es konnte sein, dass der Schlaf und das anschließende Erwachen die jeweiligen Zustände noch verschärfte. Nach dem Schlaf wieder mit der rauen Wirklichkeit konfrontiert zu werden – das konnte ein Gefühl zusätzlicher Qual sein. Wie gerädert aufwachen – das umschreibt präzise diesen Zustand.

Alles in allem aber gehören Schlafzustände zu den Notwendigkeiten meines Alltags. Mehrere Male am Tag mache ich kurze

Schlafpausen. Insbesondere beim Lesen, aber auch in Phasen des Nachdenkens oder nach dem Essen. Ich kann nur lesen, wenn ich ausgeruht bin. Ähnliches gilt fürs Schreiben und andere Situationen, die Konzentration erfordern. Vorher spazieren zu gehen und danach ein kurzer Schlaf – das führt meist zu einem Zustand, der produktives Tätigsein möglich macht.

Müdigkeitszustände, wie ich sie verstehe, gehen von einer körperlich zu spürenden Erschöpfung aus. Diese körperliche Müdigkeit muss fast weh tun – das erzeugt das unaufschiebbare Bedürfnis nach Ruhe und Entspannung und dies wiederum führt den Schlafzustand herbei. Auch die geistige Erschöpfung – nach intensiven Phasen des Zuhörens etwa von Vorträgen oder Konzerten – setzt sich in eine körperlich erfahrbare Müdigkeit um. Zustände dieser Art kommen einer Ohnmacht nahe. Man hat keine „Macht" mehr über seinen Willen. Er entgleitet. Wichtig ist, sich diesen Zuständen nicht zu widersetzen, sondern ihnen nachzugeben. Alle Versuche, sie mit Kaffee, Zigaretten oder Tabletten zu bekämpfen, führen auf Dauer zu nichts. Sie lösen das Problem nicht. Man muss die Müdigkeit zulassen. Damit kürzt man die Qual ab. Alles löst sich produktiv auf.

Ich habe mir über die Jahre einen Umgang mit Müdigkeitsphasen angewöhnt, der über eine reine Technik weit hinausgeht. Es ist eine Existenzweise geworden, die nicht mehr zu hintergehen ist. Manchmal dachte ich daran, den Nachtschlaf durch mehrere Phasen kurzen Schlafs zu ersetzen. Aber das habe ich bisher noch nicht ausprobiert. Schlafe ich abends ungewollt ein, merke ich, dass das nächtliche Schlafbedürfnis so übermächtig ist, dass es durch Kurzschlafphasen wohl nicht ersetzt werden kann. Nur während einer Krankheitsphase, die ich meist durch permanentes Schlafen überwinde, gelingt

mir die Kurzschlafmethode. Ob sie alltagstauglich ist, wage
ich zu bezweifeln.

Oblomovieren

Oblomov, der Held des gleichnamigen Romans von Gont-
scharow, war immer eine meiner Lieblingsfiguren. Ich stand
gewissermaßen in einer tieferen Beziehung zu ihm. Seit frü-
hester Jugend war das Bett eine Art Zufluchtsort. Hier hatte
ich Ruhe und Wärme. Oft kam es mir wie eine Ausschweifung
vor, morgens noch liegen zu bleiben, zu dösen, die Gedanken
zu sortieren, den Tag vorab Revue passieren zu lassen. Nur
wer dies kennt, weiß, welche Wohltat das sein kann. Eine Art
Versöhnung mit der Wirklichkeit. Mit der Zeit entwickelte
ich diese Technik des Wachträumens oder In-den-Tag-Hin-
einträumens.

Damit erklärt sich auch, dass für mich Erkrankungen immer
einen Hauch von Exklusivität hatten. Ich muss dazu sagen,
dass ich nie ernsthaft erkrankt war. Die üblichen Erkältungen,
manchmal Magenverstimmungen, weil man Unverträgliches
zu sich genommen hatte. In der Kindheit führte dies dazu,
dass ich im elterlichen Schlafzimmer liegen durfte. Und das
hieß: In einem großen Bett. Einmal abgesehen davon, dass
einem ungleich mehr Aufmerksamkeit zukam als gewöhnlich,
bedeutete dies, schlummern und träumen zu können nach
Herzenslust.

Später nutzte ich jeden dieser Anlässe, mich gesund zu schlafen.
Das hieß, den Anstrengungen der Schule und dann des Berufs
zu entkommen und mich an Körper und Seele zu regenerieren.
Nie habe ich mich besser erholt als nach solchen Tagen des

Schlafs. Diese waren freilich alles andere als dumpf. Vielmehr vollzog sich ein solcher Heilungsprozess als Wechsel zwischen Wach- und Schlafperioden. Verbunden mit kurzen Lesephasen, die man gewissermaßen in den Schlaf verlängerte oder in Träume auflöste. Eine Steigerung bestand darin, klassische Musik zu hören. Etwa das Adagio der Beethoven-Sinfonien oder -Sonaten. Man bekam das Gefühl, in tiefere Daseinsschichten zu versinken. Nach solchen Phasen fühlte man sich kraftvoll und tatenfreudig wie sonst nie. Eine Steigerung gab es nur noch beim Einschlafen nach der Liebe. Dieses Gefühl völliger Harmonie. Die Wärme der Geliebten. Das rhythmische Atmen. Der absolute Gleichklang. Jahrelang haben wir uns auf diese Weise durch alle Beethoven-Sinfonien buchstäblich hindurchgeliebt.

Vielen mag der Halbschlaf wie verlorene Zeit vorkommen. Mir war er lebensnotwendig. Viele Gedanken sind mir in diesen Zuständen gekommen. Wenn der Druck des Alltags noch nicht übermächtig ist. Wenn man sich noch abschirmt gegen die Hektik des Tages. Viele Entscheidungen sind in solchen Zuständen herangereift. Wie sonst nur auf langen, einsamen Spaziergängen.

Wie mein großer Vorgänger zögere ich täglich den Zeitpunkt des morgendlichen Aufstehens hinaus. Sich nur nicht der künstlichen Fröhlichkeit der Frühstückssender aussetzen. Die versuchen, einen funktionstüchtig zu machen für die Zumutungen unserer Zivilisation. Die verhindern sollen, dass man nachdenkt, innehält. Die uns ins Laufrad der täglichen Routine treiben. Die uns die Sinne rauben. Ohne Übergang. Dabei sind die Übergänge das Wichtigste im Leben. Ja, das Leben besteht in Wahrheit nur aus Übergängen.

Warum leben wir so, wo uns doch das Oblomovieren viel näher ist? Ja viele sich geradezu danach sehnen, einmal richtig auszuschlafen. Im Urlaub zum Beispiel. Aber genau das will eben gelernt sein. Man kann nicht früh genug damit anfangen. Und es gibt keinen besseren Lehrmeister als Oblomov. Zumal wir uns nicht um die Verwaltung unserer Landgüter zu sorgen brauchen, wie unser Held.

Schreiben

Das Schreiben habe ich immer schon als einen erhabenen Akt angesehen. Ich erinnere mich an die ersten Schreibversuche als Kind: Der Stolz, wenn aus den kryptischen Kringeln auf der Schultafel, unter lautem und störendem Quietschen des Griffels, ein lesbares und damit reproduzierbares Produkt entstand.

Später kamen ästhetische Gesichtspunkte hinzu: Die schöne Schrift, die mir immer wichtiger wurde. Stundenlang konnte ich beispielsweise meine Namensschriftzüge einüben, immer wieder den gleichen Schriftzug. Bis er mir hinreichend geschwungen und erwachsen vorkam.

Mit Feder und Tinte wurde der Schreibakt zum Wagnis, ja zum Abenteuer. Bloß nicht klecksen. Bloß nicht verschreiben und damit das gesamte Schriftbild verunstalten. Man lernte, den richtigen Druck auszuüben und übers Papier zu gleiten. Das gelang immer besser, vor allem auch dank des Füllers. Meinen ersten Schulfüller habe ich noch heute. Abgegriffen liegt er zwischen anderen Utensilien der ersten Schulzeit in meiner Schreibtischschublade.

Die Liebe zum Schreiben mag dazu beigetragen haben, dass ich mit der Rechtschreibung wenig Probleme hatte. Für die Jungen meiner Herkunft war es ungewöhnlich, gute Diktate zu schreiben. Schönes und richtiges Schreiben war Mädchensache. Schwierigkeiten bereiteten die Schulaufsätze. Aufsatzthemen wie: Spare in der Zeit, dann hast du in der Not oder: Mein schönstes Ferienerlebnis – waren wenig angetan, die Phantasie des Knaben zu wecken. Zu sparen gab es nichts, und die Ferien verbrachten wir auf der Straße. Nur die Mittelschichtenkinder fuhren damals bereits nach Österreich oder doch zumindest nach Bayern oder an die See.

Die Schulnote setzte sich aus Form und Inhalt zusammen. Lange Zeit musste ich – aus besagten Gründen – das Augenmerk auf die Form legen. Das Schriftbild kippte zwar mal nach rechts und mal nach links. Aber wichtig war, dass es dennoch irgendwie ansehnlich blieb. Später bekam ich wegen dieses Schriftbildes eine Arbeitsstelle. Mein psychologisch vorgebildeter Chef glaubte, aufgrund meiner Handschrift auf einen ausgeglichenen Charakter schließen zu können. Welch Trugschluss: Ich blieb ganze vier Monate.

Als mich die Inhalte zu interessieren begannen, verlor die Form mehr und mehr an Bedeutung. Nun galt es, sich auf das Inhaltliche zu konzentrieren. Bevor ich etwas niederschreiben konnte, dauerte es meist lange, bis ich mir Klarheit im Kopf verschafft hatte. Zunächst schwirrte alles durcheinander. Etwas ähnliches wie ein Erregungszustand ergriff mich. Die meiste Zeit verbrachte ich damit, eine Art Gliederung oder logische Abfolge zu entwerfen, um das Gewirr von Gedanken zu ordnen. Dann – mit zunehmendem Zeitdruck – schrieb ich ohne Unterbrechung drauflos. Hinterher fühlte ich mich leer – wie ausgesogen. Hatte keine Ahnung, was ich da geschrieben hatte. Und nahezu jedes Mal geschah ein kleines Wunder: Der Text war unerwartet stringent. Das Material hatte sich wie von selbst sortiert. Das Schreiben war mir gewissermaßen von der Hand gegangen. Ich hatte das Glück, dass meine Aufsätze das Wohlwollen und die geschätzte Aufmerksamkeit meines Deutschlehrers fanden. Die damit verbundene Anerkennung spornte mich an. Erhöhte aber auch den Druck. Ich stieß an meine Grenzen. Da ich wenig las, konnte ich beispielsweise literarische Texte nur bedingt ausschöpfen. Sekundärliteratur benutzte ich kaum. Um mich zu behaupten, wich ich auf Themen aus, die möglichst keiner in der Klasse behandelte. Das hatte den Vorteil, dass sie sich keinem Vergleich aussetzten. Während die übrigen Schüler ihr angelesenes Wissen darboten, das auch den wohlwollendsten Lehrer nach mehrmaliger Lektüre langweilen musste, konnte ich mit der Behandlung eines Spezialthemas eigene Akzente setzen.

Mit der Zeit entwickelte ich ein Schreibschema, das sich für nahezu jedes beliebige Thema anwenden ließ. Ich stellte das zu behandelnde Problem in seinen geistesgeschichtlichen Kontext, reflektierte dessen gesellschaftliche Relevanz, passte einige Original-Textstellen ein und stellte die rhetorische, bei jedem Lehrer beliebte Frage, was denn der Text uns gegenwärtig zu sagen habe. Das funktionierte fast immer. Diese Technik war – wie unschwer zu erraten ist – aus der Not geboren. Sie half mir, fehlende Kenntnisse zu übertünchen und das geforderte Pensum zu schaffen.

Während des Studiums lernte man dann, längere Texte zu schreiben. Was heißt lernte? Man wurstelte sich irgendwie durch. Exzerpierte viel. Wich auf den Stoff aus. Wenig eigenes kam in dieser Zeit hinzu. Insgesamt war es unbefriedigend. Briefe und einige Gedichte blieben lange Zeit das einzig Authentische.

Das änderte sich zunächst auch im Beruf nicht. Fremdbestimmtes Schreiben dominiert auch im Wissenschaftsbetrieb. Es gelten Standards. Es gibt einen bestimmten Wissenskanon. Es herrscht der mainstream bei Themen, Theorien und Methoden. Bis man so weit ist, dass man eigene Akzente setzten kann, vergehen Jahre. Der ständige Konkurrenzdruck zermürbt. Viele schaffen es nie, einen eigenen Stil zu entwickeln. Sie bleiben in Routinen stecken und versinken im Mittelmaß.

Das Schreiben wurde mir erst spät unentbehrlich. Als Medium des Denkens. Und als Bedürfnis, mich authentisch auszudrücken. Das gelang erst wirklich, als es von äußeren Zwängen befreit war. Nun erst drängte es mich danach, Gedanken, Gefühle, Erfahrungen schriftlich zu fixieren. Um sie festzuhalten. Gar nicht so sehr, um sie anderen mitzuteilen. Oft nur aus dem Bestreben heraus, sich selbst Klarheit zu verschaffen.

Das Schreiben ist mir nie wirklich leicht gefallen. Jeder neue Text bleibt eine Herausforderung. Und jeder wirklich originelle Gedanke will formuliert sein. Darin kann man keine Routine ausbilden. Jede gelungene Formulierung aber hinterlässt auch ein gewisses Glücksgefühl. So als wäre ein Stück Wirklichkeit plötzlich verfügbar geworden. Vielleicht liegt darin das wahrhafte Geheimnis des Schreibens. Sobald es gelingt, das auszudrücken, was einen bewegt, bringt das Schreiben Befriedigung und wird zu einem wirklichen Bedürfnis. Es wird zu einer unverzichtbaren Form der Selbstvergewisserung. Zu einer Art Selbsttherapie. Und damit existentiell wichtig.

Einsamkeit

Ich habe sie oft gesucht. Schon als Kind. Vor allem um mich von Menschen zu erholen, die mir regelmäßig nach einiger Zeit lästig werden. Oder um nachzudenken. Mit mir ins Reine zu kommen. Mich zu konzentrieren. All das zu tun, was ich in Gesellschaft nicht tun kann. Nach meinem Gusto zu leben. Keine Rücksichten nehmen zu müssen.

Ich kann gut allein sein. In unserem kleinen Haus im Grünen lebe ich so ganz anders als in der Stadt mit ihren Begrenzungen. Ihrer Hektik. Ihrem Lärm. Ihren Abgasen. Aber auch mit ihren steten Anforderungen. Es kommt dann immer relativ schnell der Zeitpunkt, wo ich sie über habe, die Termine, die Kneipe, das Kino, ja selbst Konzerte oder Kunstausstellungen. Ich muss das alles von Zeit zu Zeit erst einmal verdauen, verarbeiten. Dann ziehe ich mich in das Haus zurück und versuche, mich neu zu verorten. Dort lebe ich einfach. Mache Wanderungen. Erfahre den Wechsel der Natur. Lebe mit den Tieren. Es ist das Gegenprogramm zum Stadtleben. Nach einer solchen Phase habe ich dann wieder Lust auf die Stadt- mit allem, was dazu gehört.

Mir ist klar, dass ich vor allem deshalb mit der Einsamkeit leben kann, weil es sich um eine selbstgewählte, freiwillige handelt. Weh dem, der unversehens in sie hineinversetzt wird. Aufgrund des Verlusts eines Partners. Jedenfalls ungewollt. Den wird es schwer ankommen, plötzlich auf sich selbst gestellt zu sein. Viele sind darauf nicht vorbereitet.

Um Einsamkeit zu ertragen, muss man wissen, worauf man sich einlässt. Ich erfahre sie nicht als Mangel, sondern als Bereicherung zum ansonsten viel zu hektischen Leben in der Stadt.

Ich tue die Dinge intensiver, von denen ich in der Stadt allzu leicht abgelenkt werde: Lesen, Musik hören, aber auch Tagträumen, Ausruhen. Und ich verrichte Tätigkeiten, die mir aus früheren Zeiten noch vertraut sind: Holzhacken, kleinere handwerkliche Arbeiten, hinausgehen in die Natur.

Ich kann mich kleiden wie ich will, muss mich nicht rasieren, wenn ich nicht will. Muss nicht kommunizieren. Kann für mich bleiben. Das empfinde ich als unermesslichen Reichtum. Wahrscheinlich erhalten sowohl das Stadtleben als auch das Landleben ihre scharfen Konturen durch den krassen Gegensatz, den sie darstellen. Das macht jede Situation für sich besonders reizvoll. Hinzu kommt: Ich kann die Situation jederzeit verändern. Insofern ist es vielleicht gar nicht gerechtfertig, von Einsamkeit zu reden. Man assoziiert damit doch unwillkürlich einen dramatischen, negativ besetzten Zustand.

Meiner Einsamkeit fehlt mithin alles Heroische. Wenn beispielsweise Schopenhauer davon sprach, ein starker Mensch brauche die Einsamkeit, schmeichelt mir dies kaum. Ich suche sie, weil ich sie brauche. Und weil sie mir hilft, ich selbst zu sein. Mir über meine Bedürfnisse klar zu werden. Dann weiß ich auch wieder, was mir fehlt: Die Partnerin, das gute Leben, die Kultur, die Freunde, die Kneipe und die vielen anderen Reize, die nur die Stadt zu bieten hat.

Dieser Wechsel der Lebensweisen immunisiert gegen Routine und Alltagstrott. Er macht wieder sensibel für die Dinge, die einem wichtig sind. Dazu muss man zuweilen innehalten. Und sei es auch nur, um einmal ungestört und tief zu schlafen. Oder seine Ruhe zu haben. Ich denke, das sind menschliche Grundbedürfnisse, die viele sich gar nicht mehr gestatten.

NATUR

Das Meer

Gedanken oder Erinnerungen ans Meer wecken immer auch Gefühle wie Ehrfurcht und Respekt, aber auch das Bewusstsein von Grenzerfahrungen. Ehrfurcht beinhaltet durchaus auch Furcht. Dies hatte mit frühen Erfahrungen zu tun: Der Flutkatastrophe in Holland Anfang der fünfziger Jahre. Riesige Landstriche waren damals überflutet. Tausende von Menschen ertranken. Holland lag so nah. Ich hatte es als Kind miterlebt. Die Zeitungen war voll davon. Man sprach von nichts anderem. Dieses furchtbare Naturereignis hat sich seitdem in meinem Unterbewusstsein festgesetzt. Bei jeder neuen Sturmflut oder auch nur der Warnung davor kamen die Erinnerungen wieder. „Holland in Not" – diese Formel hatte sich tief bei uns eingegraben. Das haben wohl Küstenbewohner mit Bergbewohnern gemein: Dass im kollektiven Bewusstsein derartige Erfahrungen fortleben und diese angesichts einer neuen Gefahr aktualisiert werden.

Mit einer solchen Erinnerung ließ sich das Meer nie mehr unschuldig anschauen. Immer gab es dort dieses andere, das die Harmlosigkeit einer Postkartensicht unterminiert. Das Gefühl für die Gefahr, für das Unergründliche, für eine andere Dimension der Wahrnehmung. Dass ich für derartige Empfindungen anfällig war, hing mit einem weiteren Kindheitserlebnis zusammen. Wir spazierten mit entfernten Verwandten am Rande des Wassers. Über Strandbefestigungen. Plötzlich sagte eine der Anwesenden zu mir, wenn ich zu weit ans Wasser ginge, würden mich die Meerjungfern holen. Sie versteckten sich unter den großen Steinen. Mit Entsetzen sah ich in die

Zwischenräume der felsartigen Steinbrocken. In meiner Phantasie glaubte ich dort Bewegungen wahrzunehmen. Ob es nur das Auf und Ab des Wassers war – bei mir erzeugte dies eine unsägliche Angst, weshalb ich noch nach vielen Jahren immer wieder an diese Begebenheit zurückdenken muss.

Am Wasser zu stehen und aufs Meer hinauszuschauen – das löst bei mir Assoziationen aus, die über das alltägliche Denken und Fühlen hinausreichen. Ein Bedürfnis nach Transzendenz. Diese Empfindung ereilt mich regelmäßig am Meer: Die Enge der alltäglichen Erfahrungen überschreiten, einen neuen Sinn suchen, das eigene Leben verändern. Oft bin ich, als ich bereits arbeitete, an Abenden noch spät ans Wasser gefahren, um ganz mit mir allein zu sein. Es hatte eine gewisse kathartische Wirkung auf mich. Es war eine Art Selbsttherapie.

Ich besaß damals ein kleines Bändchen mit Versen von Nietzsche. Darin las ich und versuchte mir den Sinn zu erschließen. Die Texte hatten eine ungeheure Wirkung auf mich. Der neue Klang der Sprache, eine mir fremde Art zu denken, der weite Horizont, der sich auftat. Das alles passte gut zum Meer. Es faszinierte mich, obwohl ich wahrscheinlich nicht wirklich den tieferen Sinn der Texte verstand. Aber bei mir entwickelte sich ein gewisses philosophisches Interesse. Ich vernahm Botschaften, mit denen ich etwas verband. An eine davon erinnere ich mich noch: *Von dem, was du erkennen und messen willst, musst du Abschied nehmen, wenigstens für eine Zeit. Erst wenn du die Stadt verlassen hast, siehst du, wie hoch sich ihre Türme über die Häuser erheben.*

Dies nahm ich als eine ganz persönliche Botschaft. Einige Monate später verließ ich meine Heimatstadt für immer. Ich brach alle Brücken hinter mir ab. Ich war neunzehn Jahre alt – unfertig und voller Ängste, aber von dem Willen beseelt, meinem Leben einen neuen Sinn zu geben.

Ich bin mir nicht sicher, ob ich ohne das Erlebnis des Meeres eine derartige Entscheidung so oder so schnell getroffen hätte. Noch heute, nach Jahrzehnten, empfinde ich beim Anblick des Meeres ähnliches. Immer kommt es mir so vor, als würde ich an eine Grenze gelangen, von wo aus ich nicht weiterkann und die ich doch überschreiten möchte. Nie konnte ich seither das Meer nur als Landschaft sehen – als bloßes Objekt der Kontemplation. Es war immer mehr für mich: Ein Ort, der Transzendenz ermöglicht. Dazu da, innezuhalten, über sich und sein Leben nachzudenken, mögliche Grenzen zu erkennen und zu versuchen, sie zu überwinden.

Als ich die Stadt verlassen hatte und weit vom Meer entfernt war, fehlte es mir jahrelang. Mehr als die Menschen. Immer wird es besondere Gefühle in mir wecken. Und immer wird es eine Bedeutung für mich haben, die mir nie ganz zugänglich ist. Nur im Moment des ersten Anblicks blitzt sie auf – diese eigentümliche Verbindung aus Furcht und Demut.

Wolken

Man kann in ihnen lesen und sich verlieren. Es gibt Tage, da sind sie mir wichtig wie nichts sonst. Es sind Tage, an denen man in den Himmel schaut ohne so recht zu wissen, wonach man schaut oder sich sehnt. Im Sommer sich ins Gras legen und der geheimnisvollen Geographie der Wolken überlassen. Wie viele Träume habe ich so geträumt. Wenn sich in den Wolken ganze Kontinente zu spiegeln scheinen. Die ziellosen Grübeleien von leichten Luftwellen durchströmt werden. Der scheue Anflug eines Lufthauchs das Land mit allen Fasern der Atmosphäre verschwägert. Ein blasses Schilfrohr zwischen Sonnenblitzen raschelt.

Wenn sich die Wolken zu riesigen Türmen aufschichten und dann, wie von einem Tumult zerfetzt sich in alle Winde zerstreuen – dann kann man sie wahrnehmen als eine Vorhut des Kommenden, soeben noch Geahnten und schon wieder Vergangenen.

Ich liebe es, mir ihre Gebilde anzusehen und mir alles mögliche Wirkliche und Unwirkliche darin vorzustellen. Spielzeuge altgewordener Kinder ebenso, wie die Geheimnisse eines absurden Spiels, das sich Leben nennt. Wenn ich den Gebilden nachschaue, wie sie sich auflösen und zu neuen Formen verdichten, scheint sich der Fluss des Lebens noch einmal abzubilden. In diesem Taumel tauchen Erinnerungen auf, Nutzloses und Erhabenes.

Nirgendwo gelingt mir dieses Wegträumen besser als angesichts eines ostfriesischen Himmels. Da ist einmal die Nähe des Meeres und die damit verbundene, ständige Bewegung des Windes. Da ist zum anderen die ungeheure Weite dieses Himmels. Nie wird dieser langweilig. Oft ist er voller Turbulenzen. Ständig in Veränderung begriffen. Am Himmel lässt sich die eigene Stimmung noch einmal ablesen: Unruhe und heillose Hektik des Alltagsgetriebes. Endlose Ruhe und Sichverlieren in der Weite des Raumes. Formen von Ungeheuern lösen sich mit zartesten, watteartigen Gebilden voller Weichheit ab. Alles ist im Werden und Vergehen begriffen. Man muss sich dem ziellosen Treiben überlassen. Gewissermaßen an der Formbildung mitwirken. Sich hineinversetzen. Nicht nur passiv zuschauen.

Auch nachts bietet der ostfriesische Himmel Schauspiele wie kaum ein anderer. Sterne zum Greifen nahe; hellster Mondschein, zerfurcht von immer neuen Gebilden, die den Mond zum Tanzen bringen. Ständiger Wechsel, auch bei scheinbarer Windstille. Aber es gibt keine Windstille hier. Immer tut sich etwas. Das macht den eigentlichen Reiz dieses Himmels aus gegenüber einem wolkenfreien Himmel des Südens.

Wenn ich den davon ziehenden Wolken nachschaue und das Gefühl habe, mit ihnen zieht auch ein Teil von mir dahin – dann überkommt mich Melancholie, aber immer auch das Bewusstsein, dass sich schon wieder ein neues Gebilde aufbaut, das erlebt werden will. So ist es mit den Gezeiten, so ist es mit dem Leben. Die Wolken sind ihr Sinnbild. Sie ermahnen uns, das Leben nicht einfach verstreichen zu lassen, sondern es auf- und anzunehmen – auch wenn wir es nicht mit Händen greifen und festhalten können. Also: Schaue in die Wolken und erkenne dich selbst.

Herbstidylle

Langsam windet sich die Sonne durch Nebelschleier hindurch. Die Erde dampft sich zum Himmel empor. Die Trauerweide fließt vor Zärtlichkeit über. Die Häuser schlafen noch. Das Spiel der Erinnerung beginnt. Noch verliebt in die zarthäutige Nacht erhärtet sich eine Träne mit einem Tropfen Wehmut. Während die Feder des Mondes sich vollendet, schläft meine Liebste im Schatten meiner Hand.

Erstes Herbstlaub schmückt die Wege. Noch spenden Bäume reichlich Schatten. Noch glühen Rosen in der Mittagssonne. Fahren bald ihre Dornen aus. Sommer wirkt nach. Katzen kommen behutsam daher. Üben sich in ihren Ritualen. Sinnbilder der Muße. Morgens haben sie besonders große Augen.

Aus den Bäumen bricht das Innere hervor. Die Schöpfung scheint zu schrumpfen. Der Milan verliert eine Feder im Flug. Schmetterlinge stürzen herab. Wir lassen uns von Gesängen betören. Keiner kennt sie mehr. Die Maulwürfe fluchen leiser in der Erde. Schaut man länger in der Sonne, sieht man Frösche mit Karnevalshüten. Sie halten ihre schützenden Hände über uns. Und wir trösten uns damit, dass in Spieldosen keine Sprengsätze verborgen sind.

Die Tage scheinen vor Zeit überzufließen. Weite Ebenen gefüllt mit Wolken kommen uns in den Sinn. Längst verlassene Wege. Auf unser Geraune antwortet keiner mehr. Schatten schmiegen sich um die Bäume. Träume beginnen sich zu räkeln. Wir erinnern uns, wie das Meer sich in Falten legte, als wir anfingen, den Weißdorn zu lieben.

Katzenliebe

Jede echte Liebe beruht auf Gegenseitigkeit. Man kann sie nicht erzwingen. So ist es auch mit der Katzenliebe. Sie verlangt viel Geduld und Sensibilität.

Unsere erste Katze war Freddy. Er war eigentlich eine Sie. Da er vor allem mit Männern liebäugelte, nannten wir ihn Freddy – in Anspielung auf den großen Freddy Mercury. Freddy war ein echter Freigänger. Echt – das soll heißen: Er gehörte niemandem. Die Mär ging, dass er einst im Ort den Umzug seiner Herkunftsfamilie nicht mitgemacht hatte und seitdem im Freien lebte. Wir freundeten uns so nach und nach mit ihm an. Immer wenn wir in unser Haus auf dem Lande fuhren, suchten wir den Kontakt mit ihm. Oder war es umgekehrt? Auffällig war, dass er öfter in der Nähe war, wenn wir ankamen. Zuerst begrüßte er uns aus der Distanz. Dann kam er immer näher. Gern legte er sich auf den Rücken oder eine Seite und beobachtete alles Weitere. Dann begann er, sich für unser Grundstück zu interessieren. Kam näher und näher. Und schließlich gab der stets gefüllte Futternapf den Ausschlag. Er gab uns nun täglich und manchmal mehrmals am Tag die Ehre. Stolz und ehrerbietig schritt er die Auffahrt hinauf. Vorsichtig, sich immer wieder umschauend und vor allem: Sich Zeit lassend.

Trotz seines Freigängertums war Freddy wählerisch. Er aß nur Frisches und längst nicht alles. Die Putzrituale fielen bei ihm häufiger und ausgiebiger aus als bei anderen Katzen. Er kam und ging wann er wollte. Bestand auf seinen Lieblingsplätzen: Den mit Lammfell überzogenen Stühlen. Hier praktizierte er ausgiebig sein Milchtritt-Ritual. Hier reckte und streckte er sich. Und hier schlief er tief und fest und ließ sich kaum vertreiben. Ging man abends zu Bett, konnte es passieren, dass Freddy noch eine Stunde lang weiterschlief, dann an der Tür kratzte und raus wollte. Oder er kam aufs Bett, wo er zunächst ein minutenlanges Milchtreten vollzog. Mit irrem Blick und ohne sich unterbrechen zu lassen. Dasselbe geschah, wenn man sich nachts im Bett umdrehte. Freddy kam aufs Kopfkissen und das Ritual begann von neuem. Ausgiebig und voller Inbrunst. Es hat mich einigen Schlaf gekostet.

Im Sommer konnte es vorkommen, dass er den ganzen Tag fernblieb und erst spät abends zu uns stieß. Nie war er übermäßig hungrig. Aber er bestand darauf, dass sein Näpfchen gefüllt wurde. Dann konnte es vorkommen, dass er daran nippte und sich auf der Stelle umdrehte. Er hatte seine Genugtuung. Es folgte das Putzen, und dann sprang er auf seinen Stuhl.

Wie diese Katze es schaffte, stets gepflegt zu sein, da sie in Tagen unserer Abwesenheit dem Wetter ausgesetzt war, blieb uns immer ein Rätsel. Wie sehnten wir den Augenblick herbei nach unserer Ankunft, dass der kleine schwarz-weiße Fleck sich dem Haus näherte. Immer häufiger kam es jedoch vor, dass er uns schon erwartete. Bei Regen unter einem Busch sitzend oder von einem unbewohnten Grundstück kommend, nachdem er das Motorengeräusch unseres Autos vernommen hatte. Dann gingen wir den Weg zum Haus gemeinsam, und das Glück war vollkommen.

Wie haben wir um den kleinen Kerl gebangt, wenn wir längere Zeit nicht am Ort waren. Auf dem Lande kommt es regelmäßig vor, dass Katzen verschwinden. Für viele sind Katzen nur Viehzeug. Teils werden sie abgeknallt, teils vom Fuchs geholt. Ungerührt erzählte uns der Bauer des Ortes, wie er zwei Katzen gleichzeitig überfahren hatte beim Anfahren des Traktors. Wir lebten ständig in der Angst, dass unserem Freddy Ähnliches widerfahren könnte.

Regelmäßig erkundigten wir uns in Phasen unserer Abwesenheit per Telefon, ob unser Freddy gesichtet worden war. Ließen Futter zurück. Baten die Nachbarn, sich um ihn zu kümmern. Viele Jahre ging das gut. Wie selig waren wir dann bei jeder erneuten Begrüßung. Freddy war nicht nachtragend. Er schnurrte vor Wohlbefinden und stieß Freudenlaute aus. Mit unserem Freddy konnte man reden. Ich glaube, er verstand einen. Arbeitete ich am Computer, setzte Freddy sich auf die Tastatur und schaute mich an. Ebenso, wenn ich ein Buch oder eine Zeitung las. Er duldete höchst ungern, dass man seine

Aufmerksamkeit nicht mit ihm teilte. Schmuste man hingegen mit ihm, wobei er Zeitpunkt und Dosis bestimmte, schnurrte er lange und voller Inbrunst.

Unser Freddy war zärtlich und eigenwillig zugleich, wie wohl jede Katze mehr oder weniger. Bedenkt man, dass er schon 18 Jahre lang frei lebte, so glich es einem Wunder. In so einer Umgebung zu überleben, das war einzigartig. Wir bekamen ja mit, wie schnell die Katzengenerationen in dem kleinen Dorf wechselten. Ständig gab es neue Katzen und die anderen verschwanden, ohne dass man sich groß wunderte. Wer blieb, das war Freddy.

Bis zu jenem Schreckenstag, dem Ostersamstag. Plötzlich stand Freddy vor uns, jammernd, mit zerquetschter Vorderpfote, stark blutend. Wir fuhren sofort mit ihm in die Tierklinik, wo er geröntgt wurde. Die Wunde wurde gereinigt und Freddy bekam einen Verband angelegt. Nach einigen Tagen fuhren wir wieder hin. Die Wunde war vereitert. Nichts hatte sich gebessert. Freddy wollte um keinen Preis in der Klinik bleiben. Auch nicht im Wohnzimmer. Er versteckte sich draußen. Stundenlang mussten wir ihn suchen, um ihm Futter zu bringen. Wollte er sich zum Sterben zurückziehen? Wir vermuteten es.

Die Fahrten in die Tierklinik waren für den kleinen Kerl der reinste Horror. Er jammerte. Urinierte. Zitterte vor Angst. Die Narkosen hätte er nicht länger durchgehalten. Als die Ärztin, die ziemlich rücksichtslos mit seiner Verletzung umging, uns mitteilte, die Wunde würde bei einer so alten Katze kaum noch heilen, beschlossen wir, dem Leid ein Ende zu machen. Wir ließen unseren Freddy einschläfern. Wir begruben ihn im Garten. Legten ein Grab an und haben ihn nun für immer bei uns.

Noch bevor Freddy so tragisch endete, besuchte uns regelmäßig eine weitere Katze aus dem Ort, die einer kinderreichen Familie gehörte. Wir nannten sie Paula. Das Sanfteste an Katze, was man sich denken kann. Paula kam zunächst nur, um zu sehen, ob sie etwas Futter erhaschen könnte. Dann wurde sie zutraulicher. Legte sich in unsere Nähe. Eines Tages – ich lag auf dem Liegestuhl in der Sonne – sprang sie mir auf den Schoß. Ab da war das Eis gebrochen. Paula kam jetzt regelmäßig. Kam mit großer Selbstverständlichkeit mit ins Haus (was sie bei ihren Leuten nicht durfte) und beanspruchte ihren Platz. Wir mussten ihre und Freddys Anwesenheitszeiten nunmehr koordinieren. Denn leider duldeten die Katzen sich gegenseitig nicht. Es wäre unser Ideal gewesen, beide zu halten. So musste man sich arrangieren. Wir fütterten sie gemeinsam, doch dann ging eine der Katzen in der Regel ihres Weges. Paula kam gern in den frühen Morgenstunden. Sprang aufs Fensterbrett und wurde dann reingelassen. Ihren Platz nahm sie ganz selbstverständlich im Bett ein. Unter Dauerschnurren. Sie war zärtlich, wie wir es noch bei keiner Katze erlebt hatten. In Jahren hat sie uns niemals auch nur einen Kratzer zugefügt. Schmusen und fressen, das war für sie alles.

Ihr Lieblingsplatz war der Fernseher und der hohe Kühlschrank. Sie ließ sich darauf nieder und schaute in den Garten. Stunden konnte sie so verbringen. Immer zwischendurch dösend und schlafend. Sobald ich mich auf meinen Stuhl setzte, um zu lesen oder für einen Kurzschlaf, war Paula zur Stelle. Der rechte Oberschenkel wurde ihr Ruheplatz. Mit beiden Vordertatzen umfasste sie ihn sanft. Bewegte ich mich, fuhr sie vorsichtig die Krallen aus – ohne mich jedoch jemals zu verletzen. Paula wurde uns gegenüber nie aggressiv – auch nicht, wenn wir sie von ihrem Platz verdrängten oder sie raussetzten. Immer wieder fand sie sich in gewohnter Weise ein, nahm ihren Platz ein und ließ es sich gut gehen.

Mit der Zeit beobachteten wir, dass sie Schwierigkeiten beim Wasserlassen hatte. Die Untersuchung beim Tierarzt ergab, dass sie nierenkrank war. Schon mehrere Nierenbecken-Entzündungen hatte und mit dem Schlimmsten zu rechnen war. So geschah es. Als wir von einer kurzen Reise zurückkamen, urinierte sie auf dem Teppich und bekam Hustenanfälle, die in ein langsames Ersticken überzugehen drohten. Es wurde immer schlimmer. Der Arzt stellte fest, dass sie Wasser im Körper hatte, das aufs Herz drückte. Paula bekam keine ausreichende Luft mehr. Wir berieten uns mit dem Arzt, ob es Hoffnung auf Besserung gäbe. Es gab sie nicht. Wir mussten auch sie einschläfern lassen. Auch sie ruht in unserem Garten, neben Freddy. Wir reden oft mit ihnen und sie sind uns nahe wie ehedem. Wir haben sie tief und innig geliebt und tun es noch heute. Wie sehr wir sie vermissen würden, haben wir nicht geahnt. Jetzt möchten erst dann wieder eine Katze haben, wenn wir uns ständig um sie kümmern können. Nur keine Abschiede mehr. Es schmerzt zu sehr. Nur ab und zu um sie zu weinen, tröstet ein wenig. Aber auch nur ein wenig. Adieu Freddy, adieu Paula.

Jetzt – wo ich noch einmal in den Erinnerungen krame, frage ich mich unwillkürlich, was eigentlich den Kern der Katzenliebe ausmacht. Sicher ist es immer die konkrete Katze, die man liebt. Ihre Eigenheiten, ihren Charme, ihre Vorlieben, die besondere Beziehung, die man zu ihr hatte. Aber es ist auch mehr. Wieso wirkt sie so beruhigend auf mich? So vertraut? Immer, wenn ich in Katzenaugen schaue, habe ich das Gefühl, sie schaut durch mich durch, in irgendeine Weite, die ich nicht benennen kann. Mir kommt dann der Gedanke, dass ich durch die jeweilige Katze vielleicht eine Verbindung zu etwas Übersinnlichem habe. Etwas, das einer anderen Sphäre angehört. Es ist dieses Mehr, das fasziniert. Darin scheint das

Geheimnis einer Katzenliebe zu bestehen. Katzen vermitteln anscheinend dies Geheimnis. Ihre metaphysische Ruhe, dieses Maß an Gelassenheit, diese Autonomie, über die sie verfügen, diese Souveränität, die sie ausstrahlen und die auf einen übergeht, je mehr man sich auf sie einlässt – das muss irgendwo anders als in dieser Wirklichkeit seinen Ursprung haben. Ich denke, das ist der Grund, weshalb sie uns so unvergesslich sind. Und deshalb stimmt wohl der Satz, dass in jeder Katze alle Katzen weiterleben. Möge es so sein.

KULTURELLES

Literatur

Das erste Buch, das mich total gefangen nahm, war der Robinson Cruseo von Defoe. Ich war etwa zwölf Jahre alt, als ich das Buch geschenkt bekam. Bücher gab es bei uns zu Hause nicht. Es wäre auch kaum möglich gewesen, einen Platz zum Lesen zu finden. Dafür gab es keinen Raum. Denke ich heute darüber nach, was mich an dem Buch so gefesselt hat, so war es wohl die Sehnsucht nach Freiheit. Wenn ich mir damals vorstellte, auf einer Insel zu leben, autark zu sein, dann schien das wie ein Ausweg auf der häuslichen Enge. Später habe ich nahezu alle Filmfassungen dieses Romans gesehen. Jedes Mal überkam mich der gleiche Schauer. Der Stoff hatte es mir angetan. Ich las immer wieder in dem Buch, um zu erfahren, wie der Held es geschafft hat, allein auf sich gestellt zu überleben. In meiner Phantasie lebte ich all die Abenteuer nach. Es fiel mir schwer, mich von der Vorstellung zu lösen, es eines Tages genau so zu machen wie Robinson. Mir fehlte nur die Insel dazu.

Während der Lektüre machte ich eine Erfahrung, die ich später immer wieder machte, wenn ein Buch mich fesselte: Mit jeder Lektüre tat sich ein neuer Kosmos auf, in den man ganz eintauchen konnte. Daher überkommt mich auch heute noch jedes Mal eine Wehmut, wenn ein guter Roman zu Ende ist.

Nach dem Robinson las ich einige Jahre lang nichts besonderes mehr. Die übliche Schullektüre langweilte mich. Sie verursachte keine Schauer. Sie hatte nichts mit mir zu tun. Es war die reinste Quälerei. Kein Lessing, kein Goethe, kein Schiller konnte mich erwärmen.

Erst als ich später das Abitur nachholte, erwachte das Interesse an Literatur neu. Ich hatte das Glück, einen ausgezeichneten Deutschlehrer zu bekommen. Er verstand es, seine Begeisterung für Literatur auf mich zu übertragen. Alles fing mit dem Don Quichote an. Der Held aus der La Mancha hatte es uns angetan. Wir diskutierten stundenlang, welche Motive unseren Helden antreiben mochten, jedes noch so brutale Scheitern immer wieder zu überwinden. Es schien uns ein existentielles Prinzip zu sein, Wirklichkeit immer wieder neu zu erfinden. Aller Vergeblichkeit menschlichen Handelns ein Dennoch entgegen zu setzen. Ich begriff, dass die Würde eines Menschen nicht vom äußerlichen Erfolg abhängt, sondern von der Redlichkeit seines Tuns. Es war die stets untadelige Haltung des Don, die wir bewunderten, die Reinheit seiner Motive, sein Gerechtigkeitssinn und seine Menschlichkeit.

Durch diesen Lehrer bin ich zur Literatur gekommen. Er verstand es, den sozialen und kulturellen Kontext von Literatur zu vermitteln. Ich begriff plötzlich, dass Literatur Wirklichkeiten schafft, Erfahrungen erweitert, neue Erkenntnisse ermöglicht und das Leben insgesamt bereichert. Damit tat sich eine ganz neue Welt auf.

Ich las nicht wild drauflos, sondern wählte sorgsam aus. Den Doktor Faustus, den Dreigroschenroman, Hundert Jahre Einsamkeit, Der Mann im Kellerloch. Faust und Hamlet gehörten zum Repertoire. Mit der Zeit wurde das Lesen zur Selbstverständlichkeit. Ein Lebensbedürfnis. Mittlerweile gehören Bücher zu den ständigen Begleitern, die ich nie mehr missen möchte. Geblieben ist die Faszination, ein Buch aufzuschlagen und sich auf eine lange Reise zu begeben, die nie zu Ende geht.

Musik

Meine erste tiefergehende Musikerfahrung hatte ich mit der „Unvollendeten" von Franz Schubert. Ich weiß es noch wie heute. Die Schallplatte hatte ich über einen Bücherbund erworben, konnte sie aber zu Hause nicht abspielen. Es gab keinen Raum, um über längere Zeit Musik zu hören. Auch wusste ich nicht recht, was mich erwartete. Meine Hörgewohnheiten zu dieser Zeit beschränkten sich auf die üblichen Schlagermelodien. Allerdings mochte ich die meisten Volks- und Kirchenlieder. Mich überkam eine Art Wohlbefinden, wenn wir im häuslichen Rahmen oder auch in der Schule die gängigen Volkslieder sangen. Angereichert wurde dieser Bestand durch Lieder, die unsere als Vertriebene zu uns gekommenen Lehrer aus den ehemals deutschen Ostgebieten mitbrachten. Sie waren teilweise von exotischer Schönheit, episch und romantisch zugleich. Ich verstand viele der Texte nicht recht, aber die Melodien gingen unter die Haut.

Bei Kirchenliedern ergriff mich ein gewisses Harmoniegefühl, das sie verbreiteten, verbunden mit feierlichen Empfindungen und vielleicht auch dem, was man Religiosität nennen könnte.

Diese frühen Musikerfahrungen berührten mich zwar, blieben aber doch mehr oder weniger oberflächlich. Gelegentlich wurde zu Hause musiziert. Der Vater spielte Ziehharmonika und Mundharmonika, die Schwester begann Blockflöte zu spielen, wir Jungen Gitarre. Es war das übliche Spektrum an Hausmusik, wie sie praktiziert wurde, als noch kein Fernsehen die Freizeit bestimmte. Oft wurde bei Alltagsverrichtungen oder auch in der Erntezeit und selbstverständlich zu festlichen Anlässen gesungen.

Unvergleichlich aber dann die Schubert-Erfahrung. Es war ein Sonntag. Ich besuchte eine sogenannte Heimvolkshochschule, um mich auf den Zweiten Bildungsweg vorzubereiten. Ich befand mich allein in einem größeren Aufenthaltsraum. Die übrigen Schüler waren außer Haus. Auf Wochenendurlaub oder in der Stadt. In dem Raum befand sich eine Musikanlage, wie ich sie bis dahin nicht kannte: Plattenspieler und Boxen. Als die Musik einsetzte, erst ganz leise und dann gewaltig anschwellend, war die Wirkung auf mich ungeheuer. Sie erfasste jede Faser meiner Empfindungen. Ich konnte kaum noch atmen vor Anspannung und Erregung, und gleichzeitig empfand ich ein Gefühl von Auflösung oder besser noch: Auslöschung. Ich vergaß alles um mich herum und wurde von der Musik buchstäblich empor getragen, weg aus einer Wirklichkeit, die mich damals überwiegend bedrückte.

Ich habe jede Faser dieser Musik aufgesogen. Diese seltsame Zerrissenheit und die unstillbare Sehnsucht nach Harmonie. Sie entsprach genau meinen damaligen Empfindungen. Es kam mir vor, als würden mehrere Schichten meines Bewusstseins abgetragen, so dass die Musik tief in mein Innenleben vordrang. Es war wie in einem Rausch. Als die Musik endete, war ich völlig erschöpft. Ich konnte mich kaum bewegen, lag eine ganze Weile regungslos da und erhob mich nur schwer. Die Musik hatte mich ganz gefordert.

Nie wieder habe ich diese Intensität erfahren. Aber gleichwohl hat diese Schubert-Sinfonie mir eine Welt eröffnet, die ich immer und immer wieder als eine ungeheure Bereicherung ansehe. Ja, als ein Wunder. Denn die Wirkung von Musik auf unsere Sinne ist unvergleichlich. Sie ist wahrscheinlich deshalb so unmittelbar, weil sie nicht über Reflexionen vermittelt ist. Das kommt erst später, wenn man sich mit ihren Strukturen auseinandersetzt. Aber weit davor ist eine Musikerfahrung, die voll ins Gefühl trifft und uns auf eine Weise ergreift, wie sonst wohl nur die erste Liebe. Es sind Gefühle, wohl immer auch erste Gefühle, die uns völlig unvorbereitet und ohne Dazwischenkunft des Verstandes treffen. Das macht wohl ihre Einmaligkeit aus.

Kunst

Meine erste bewusste Auseinandersetzung mit Kunst entsprang keinem inneren Bedürfnis. Ich arbeitete damals als Organisationsleiter einer Volkshochschule. Zu meinen Aufgaben zählte die Abrechnung von Ausstellungen, Konzerten und Veranstaltungen aller Art. Auf diese Weise kam ich mit zahlreichen Persönlichkeiten in Kontakt – Musikern, Künstlern, Referenten. Der Kontakt beschränkte sich meist darauf, dass ich diese in ein nahegelegenes Restaurant führte, ihnen auf Kosten der VHS ein Essen spendierte und ihnen ihr Honorar aushändigte.

Ich litt darunter, dass ich nicht in der Lage war, über Belanglosigkeiten hinaus mit ihnen zu kommunizieren. Über Kunst beispielsweise. Ich machte es mir zur Pflicht, Ausstellungen, die bei uns im Rathaus stattfanden, zu besuchen. Indes half das wenig. Ich verstand, zumal wenn es sich um abstraktere Kunstwerke handelte, so gut wie nichts. Mein Versuch, mich ihnen spontan zu nähern, misslang gründlich. Mir schien diese Welt verschlossen. Ja, ich entwickelte eine gewisse Abneigung, mich weiterhin damit auseinander zu setzen.

Das änderte sich erst viele Jahre später. Ich machte mittlerweile das Abitur auf dem Zweiten Bildungsweg nach. Mit meinem Deutschlehrer verband mich ein inniges Einverständnis. Er kannte sich insbesondere in der spanischen Kultur aus. Eines Tages kam die Sprache auf Goya – Francisco de Goya. Wir hörten einiges über dessen eigentümlichen Lebensweg, seinen künstlerischen Werdegang. Von seinen Imaginationen, Träumen und Fantasien war die Rede. Von seinen Zweifeln an der Vernunft, deren Doppelsinn er thematisierte: als Fortschritt, aber auch Entzauberung. Der Traum der Vernunft gebiert Ungeheuer – war das schon eine Absage an die Aufklärung, gar an die Revolution? Goya hatte die Französische Revolution erlebt, deren Umschlagen in eine Diktatur und vor allem: Die Eroberungskriege Napoleons, von denen auch Spanien nicht verschont blieb.

Ich bewunderte den Mut Goyas, die kirchlichen und weltlichen Autoritäten seiner Zeit mittels der Kunst zu kritisieren und damit herauszufordern. Das imponierte mir. Ich weiß noch, wie mich das Bild von der Erschießung Aufständischer durch die französischen Besatzungstruppen erschütterte. Die Verzweiflung in den Gesichtern der Totgesagten. Mit einem Mal wurde mir klar, wie sehr Kunst dazu beitragen konnte, gesellschaftliche und historische Themen aufzugreifen und zu verstehen. Wie sehr sie Teil der sozialen Wirklichkeit und nicht bloßes Beiwerk sein konnte. Kunst nicht als l'art pour l'art, sondern als Einmischung in gesellschaftliche Auseinandersetzungen. Das passte in die Zeit – in unsere Zeit. Wir schrieben das Jahr 1967.

Mit einem Freund trampte ich nach Paris. Wir suchten im Louvre nach den Impressionisten. Wir fanden sie zunächst nicht. Man hatte sie in einem Nebengebäude untergebracht. Einem Flachbau. Mir kam es vor, als schämte man sich ihrer. Für ihr Außenseitertum. Und das waren sie ja auch zeitlebens gewesen, die van Goghs, Gauguins und wie sie alle hießen. Wir fanden sie schließlich. Ich konnte ihre Kunst nicht genießen.

Zu sehr empörte ich mich über den Umstand der Ausgrenzung. Um meiner Empörung Luft zu verschaffen, schrieb ich spontan ein Gedicht. Über die Verlogenheit des Bürgertums, ihrer Zensoren und Scharen von Kunsthändlern, die einem van Gogh zu seinen Lebzeiten kein einziges Bild abgekauft hatten.

Fast zeitgleich begann mein jüngerer Bruder, sich für Kunst zu interessieren. Er betrieb die Beschäftigung mit der Kunst von vornherein nahezu professionell. Begann zu malen. Las Sekundärliteratur. Er berichtete mir vom erschütternden Briefverkehr zwischen Theo und Vincent van Gogh. Wie viel Verzweiflung klang darin durch, und wie viel Kraft muss es gekostet haben, immer wieder zu beginnen. Viele Jahre später habe ich dann van Goghs letzten Aufenthaltsort bei S. Remy besucht. Habe versucht, mir vorzustellen, wie er hier zugrunde gegangen sein mag. Ich befand mich allein im Innenhof des kleinen Klosters. Wie dunkel kam er mir vor. Wie sehr kontrastierte er mit dem Licht der Provence, das van Gogh so oft mit seinen Bildern zu bannen versucht hatte.

Van Gogh begegnete mir im Laufe der Jahre immer wieder. Stets konnte man neue Seiten an ihm entdecken, stets sah man ihn anders. Hilfreich dabei waren die vielen Hinweise meines Bruders, der später auch Kunst studierte. Ein Gang durch eine Ausstellung mit ihm an der Seite ließ einen vieles sehen, was ich allein gar nicht wahrgenommen hätte. Der Kern unserer Kunstdebatten blieb jedoch immer der gleiche: Welchen Anteil an der Kunst hat die Intuition; welchen die Ratio, das Konzeptionelle, das Geplante? Diese Debatte ist nicht zu Ende; sie wird uns weiter begleiten.

Viele Jahre später erst wurde mir klar, was mich an der Kunst vor allem faszinierte: Es war der Versuch, eine neue Sicht der

Dinge zu präsentieren und damit eine gewisse Spannung zwischen Wahrnehmung, Darstellung und Realität zu erzeugen. Diese Auseinandersetzung des Künstlers mit der Wirklichkeit seiner Zeit muss man gewissermaßen spüren. Erst dann gelingt es mir, mit den Bildern zu kommunizieren. Ich benötige diesen thematischen, inhaltlichen Zugang zu Bildern. Mögen mit zunehmender Seherfahrung formale Kenntnisse diesen Zugang erleichtern – die Auseinandersetzung beginnt für mich immer auf der inhaltlichen Ebene. Alles andere finde ich einfach nur schön.

Dies ist nun keineswegs ein Plädoyer für gegenständliche Kunst. Im Gegenteil. Von Beginn an begeisterten mich Bilder, die Elemente einer Verfremdung enthielten. Vielleicht auch der Transzendenz. Die Werke von Hieronymus Bosch oder Albrecht Dürer enthielten solche. Man könnte viele hier aufführen. Vielleicht enthält jede bedeutende Kunst sie. Mich interessierten Darstellungen dieser Art besonders auch deshalb, weil ich mich zwischenzeitlich intensiv mit der Entfremdungstheorie von Marx beschäftigt hatte. In den künstlerischen Darstellungen sah ich dann gewissermaßen das Pendant.

Mehr und mehr interessierten mich abstraktere Darstellungsformen. Sie entzogen sich der schnellen Vereinnahmung. In ihnen schien mehr theoretische und konzeptionelle Arbeit zu stecken. Sie mussten dechiffriert werden. Ihre Bedeutungen ließen sich nicht mehr unmittelbar erschließen. Sie wurden einer immer komplexer werdenden Wirklichkeit eher gerecht als alles Gegenständliche. Immer wichtiger wurden für mich Picasso und die Surrealisten. Picasso deshalb, weil er mit nahezu allen Stilformen experimentierte und man wesentliche Entwicklungslinien an seinem Werk selbst studieren kann. Auch imponierte er mir als Person. Er engagierte sich für den

Frieden, nahm gegen die Franco-Diktatur Stellung und stand gewissermaßen immer auf der richtigen, das heißt humanen Seite. Das Bild Guernica erschütterte mich zutiefst. Ein in jeder Hinsicht gelungenes, faszinierendes Werk – ein Jahrhundertwerk.

Reichlich Stoff zur Auseinandersetzung boten dann vor allem die Surrealisten. Mitte der 1970er Jahre hatte ich die große Max-Ernst–Ausstellung in Paris besucht. Bis zur Erschöpfung konnte man sich an den Bildern satt sehen. Oft waren sie mit Zitaten versehen oder mit Utensilien geschmückt. Ein ganzes Universum an Bedeutungen tat sich hier auf. Nichts verstand man so ganz, aber nahezu alles bot Stoff zur Auseinandersetzung.

Nach und nach begriff ich, dass die Welt der Kunst viel mit einem Dorf gemein hat – jeder kennt jeden. Oder besser gesagt: Jeder lernt vom anderen. Daher sind mir die scharfen Abgrenzungen der verschiedenen Kunstperioden immer suspekt geblieben. Man findet viele Kunststile in vielen Perioden wieder. Und Attribute wie modern, gegenständlich, impressionistisch, expressionistisch oder gar surreal sagen eigentlich wenig aus. Bezugspunkt bleibt doch immer die Wirklichkeit selbst, und diese ist vielleicht nicht so real wie sie uns erscheinen mag.

Es gehört zum Wesen der Kunst, dass die Auseinandersetzung mit ihr nie abgeschlossen sein wird. Das wurde mir erst kürzlich wieder klar, als ich erneut mit Goya konfrontiert wurde: Noch immer ist das Rätsel um den Traum der Vernunft nicht gelöst. Noch immer ist nicht klar, was geschieht, wenn die Fantasie von der Vernunft verlassen wird. Welcher Art sind die Ungeheuer? Und gilt nicht umgekehrt das gleiche: Auch die Vernunft kommt doch ohne Fantasie nicht aus. So viele

Fragen bleiben unbeantwortet. Aber sie gestellt zu haben, das bleibt das Verdienst jeder großen Kunst. Sie ist nicht dazu da, unsere Probleme zu lösen.

Bildung

Was ist eigentlich Bildung? Wenn ich darüber nachdenke, fällt mir nie die Schule ein. Das dort erlernte Wissen habe ich weitgehend vergessen oder verdrängt. Es hatte nichts mit mir zu tun. Bildung hat zwar auch mit Wissen zu tun, aber beides ist nicht identisch. Wissen kann man sich aneignen und wieder vergessen. Es geht nicht unter die Haut. Es ist bis zu einem gewissen Grad beliebig. Man kann es vortäuschen. Darin besteht ein wesentlicher Teil des Schulalltags. Ich konnte in kürzester Zeit ein Gedicht lernen und wenige Minuten später wieder vergessen. Es war nicht mehr als eine Konzentrationsübung.

Bildung hat einen anderen Tiefgang. Es hat mit Erleben zu tun, mit eigenen Erfahrungen, mit der Veränderung der Persönlichkeit. Sie geht unter die Haut und hinterlässt Spuren. Sie ist nicht allein eine Kopfangelegenheit. Sie hat etwas von einem Abenteuer und berührt Emotionen.

Als ich etwa elf Jahre alt war, fand ich im Müll ein Buch. Die Buchdeckel fehlten. Ansonsten war es gut erhalten. Es handelte sich um ein Englischbuch. Ich blätterte darin herum und entdeckte Wörter, die ins Englische übersetzt wurden. Buch = book; Brief = letter usw. Das fand ich faszinierend. Man musste lediglich die englischen Wörter suchen und schon konnte man ganze Sätze auf englisch bilden. Das fand ich aufregend. Ich hatte die Vorstellung, mir auf diese Weise die englische Sprache aneignen zu können.

Voller Begeisterung lief ich nach Hause. Ich erzählte meinem Vater von dem Fund und von meiner Absicht. Wie immer war seine Reaktion zwiespältig. Er ermunterte mich, was aber nicht sehr überzeugend klang. Und gleichzeitig unterdrückte er ein Schmunzeln. Ich war enttäuscht. Ahnte, dass irgendetwas an meinem Vorhaben nicht stimmte. Mein Vater konnte einige Brocken Englisch aus der Zeit seiner Kriegsgefangenschaft. Er begann die Wörter ganz anders auszusprechen als ich sie las. Das schien mir ein ernstes Problem. Auch die Satzbildung veränderte er. Was ich nicht begriff. Ich zog mich mit meinem Buch zurück und versuchte es auf eigene Faust. Wie lange ich mich abmühte, weiß ich nicht mehr genau. Aber mit der Zeit ließ mein Interesse nach. Was blieb, war der Zauber dieses Buches und der tiefgehende Wunsch, eines Tages die englische Sprache zu lernen.

Eine weitere Erfahrung machte ich kurze Zeit später. Ich ging mal wieder zu einer Nachbarsfamilie, mit der wir bekannt waren. Der Mann war zur See gefahren und Kommunist. Das klang geheimnisvoll. Und in der Tat unterhielt er sich gern und hatte einiges zu erzählen. Einmal fragte er nach der Schule. Was wir gerade lernten. Ich berichtete ihm, was wir im Geschichtsunterricht durchnahmen. Von irgendwelchen Königen und Schlachten. Daraufhin sagte er: Weißt Du, Junge, für unsereins wird die Geschichte erst mit der Französischen Revolution interessant. Wenn Du willst, erzähl ich Dir davon. Das tat er dann auch. Regelmäßig besuchte ich ihn und hörte dann von Dingen, die wir in der Schule nicht zu hören bekamen. Vom Spartakusaufstand in Rom. Den Bauernkriegen. Den Ursachen der Französischen Revolution. Und vieles mehr.

Mein Blickwinkel auf die geschichtlichen Ereignisse veränderte sich. Geschichte war nicht mehr eine Folge von unzusammenhängenden Ereignissen und Jahreszahlen. Von Schlachten und großen Feldherren. Es steckte mehr dahinter. Ein tieferer Sinn. Es gab Sieger und Verlierer. Und die Verlierer, das merkte ich schnell, standen einem oft viel näher. Es waren Leute wie unsereins. Die wenig hatten und den Kopf für andere hinhalten mussten. Er erzählte, dass er vor den Nazis hatte fliehen müssen. Mein Vater habe ja mitgemacht, aber er habe das nicht gekonnt.

Dieses und ähnliches hörte ich zum erstenmal. Nein, nicht zum erstenmal. Der Opa hatte von Ähnlichem gesprochen. Jetzt erinnerte ich mich. Es wühlte mich ungeheuer auf. Ich versuchte mir Namen zu merken. Ereignisse. Auch Jahreszahlen. Ich verband nunmehr etwas damit. Es kam mir vor, als habe ich es selbst erlebt. Ich litt mit. Mit der Zeit lernte ich, einige Zusammenhänge zu erkennen. Ich wurde neugierig; stellte Fragen; wollte mehr wissen.

So ging das etwa ein halbes Jahr lang. Nie mehr habe ich das Interesse an geschichtlichen Ereignissen verloren. Aber nie habe ich auch erlebt, dass jemand so spannend und interessant davon berichten konnte.

Weitere Bildungs-Erlebnisse hatte ich erst spät. Etwa mit 19 Jahren. Ich hatte meinen Beruf aufgegeben, weil mich seine Ödheit mit der Zeit umgebracht hätte. Um mehr von dem zu begreifen, was um mich herum geschah, besuchte ich Kurse der Volkshochschule. Unter anderen einen in Psychologie. Der Dozent kam von der Universität Göttingen. Teilnehmer waren Gymnasiasten und gebildete Bürger, die sich gewählt ausdrücken konnten. Von jeder Unterrichtsstunde wurde ein Protokoll angefertigt. Als ich an der Reihe war, schmiss ich den Kurs. Aus Scham. Aus Angst, mich zu blamieren. Ich war nicht in der Lage, den Inhalt einer Stunde wiederzugeben. Ich verstand zu wenig. Ich weiß noch, wie mich der Begriff Motivation beschäftigte. Ich hatte mir über einen Bücherbund eine Einführung in die Psychologie gekauft. Darin war viel von Motivation die Rede. Aber der Begriff wurde nicht erklärt. Im Duden fand ich die Übersetzung: Beweggründe menschlichen Handelns. Wenn ich diese Formulierung in den gelesenen Text einsetzte, ergab das für mich immer noch keinen Sinn. Ich erkannte, dass ich so nicht weiterkam. Es war deprimierend. Ähnlich wie damals mit dem Englischbuch.

Ich besuchte dann eine sogenannte Heimvolkshochschule. Hier wurde ich zum erstenmal mit Literatur konfrontiert. Ich weiß noch, wie der Dozent uns ein Gedicht von Günter Eich vorlas. Der Dozent begann, Zeile für Zeile, Bild für Bild, den Text zu dechiffrieren. Es wirkte auf mich wie ein Wunder. Dass es einen Text hinter dem Text gab, faszinierte mich. Ähnliches geschah mit einem Stück von Slavomir Mrozek. Es hieß „Auf hoher See". Wir lasen und interpretierten es, inszenierten es sogar als Theaterstück. Durch diese aktive Aneignung erschloss sich mir der Text, und jede noch so winzige Entschlüsselung und Erkenntnis wirkte befreiend auf mich.

Später kamen dann politische und soziologische Texte hinzu. Da ich wenig verstand, begann ich, Textstellen zu exzerpieren. Auf diese Weise prägten sie sich besser ein. Auch das laute Vorlesen half. Jede noch so kleine Erkenntnis tat gut.

Vielleicht war es letztlich ein gewisser Vorteil, so spät mit diesen Dingen bekannt zu werden. Anders als beim Wissen, das einem eingetrichtert wird, nahm ich sehr intensiv auf. Aber nur, was mich berührte oder interessierte. So ist es mit den Jahren immer geblieben. Wirkliche Bildungserlebnisse blieben trotz der großen Fülle von Wissen, das man im Laufe der Jahre anhäuft, selten. Ich suchte immer nach einer Möglichkeit der Identifikation. Dies konnte die Person des Lehrers sein. Die Art, wie er einen Stoff vermittelte. Oder auch das Gefühl, einen Sachverhalt schon einmal ähnlich gedacht zu haben. Das passierte immer wieder einmal. Dann hatte dieses Wissen plötzlich etwas mit mir zu tun. Ich hatte mir ein Problem schon einmal selbst vor Augen geführt und war möglicherweise zu ganz ähnlichen Schlüssen gekommen. Mit einer derartigen Erkenntnis konnte man sich identifizieren, und dieses Wissen vergaß man nie mehr.

Mir scheint überhaupt alle Kunst der Pädagogik darin zu bestehen, dieses Interesse an einem Bildungsgut zu wecken und den Lernenden das Gefühl zu geben, sie seien es, die eine bestimmte Erkenntnis zu aller erst und in einmaliger Weise hätten. Nur so kommt es zu Lernerfahrungen, wird Lernen zur Aneignung und zum Abenteuer. Ohne diese aktive Beteiligung der Lernenden bleibt jedes Wissen äußerlich und fällt letztlich dem Vergessen anheim.

Ich jedenfalls verspüre noch heute einen gewissen Zauber, ja so etwas wie einen Erkenntnisschauder, wenn ich an meine ersten, späten Bildungserlebnisse zurückdenke. Missen möchte ich sie jedenfalls nicht.

Kinowelten

Ich mag besonders die alten Programmkinos. Meist etwas schummrig, klein und ohne das technische Instrumentarium der großen Kinos neuerer Zeit, wo einem die Lautsprecher die Ohren voll dröhnen. In Bremen – Ecke Ostertor/Steinweg gab es in den 1970er Jahren ein solches Kino. Am liebsten ging ich gegen Mitternacht. Ich befand mich dann auf dem Heimweg und hatte noch keine Lust, nach Hause zu gehen. Am Eingang des Kinos konnte man sich eine Flasche Bier oder Rotwein kaufen und mit ins Kino nehmen. Das erhöhte die Intensität des Erlebens. In diesem Kino habe ich fast alle Filme von Eisenstein und Bunuel gesehen. Trotz schlechter Qualität haben sie sich mir eingeprägt. Das liegt natürlich auch an der Institution des Kinos selbst. Sobald das Licht ausgeht, entsteht eine neue Wirklichkeit. Damals gab es noch nicht die Unsitte, riesige Popkorn-Tüten mit ins Kino zu nehmen oder mit Fast-Food–Utensilien zu nerven. Man schlabberte seinen Rotwein und versank ins Filmgeschehen.

Heute, nach drei Jahrzehnten, finde ich kaum noch ein Kino, das diese Atmosphäre ausstrahlt. Am ehesten noch die Film-palette in Köln. Ein winziges Kino mit Sternen an der Decke. Von Zeit zu Zeit rappelt es gewaltig. Dann fährt die U-Bahn-Linie direkt unter dem Kino hindurch. Hier gibt es noch hin und wieder ein Filmerlebnis. Etwa kürzlich die „Kinder des Olymp"; der mittlerweile sechzig Jahre alte Film, der zu meinen Lieblingsfilmen gehört. Allein die Besucher lohnten das Kom-men. Altgewordene Liebespaare in seltsamen Aufmachungen waren darunter. Teils auf Stöcke gestützt, schleppten sie sich in der Pause des über dreistündigen Films zu den Toiletten. Hier: Eine steile Treppe hinunter in die Katakomben – so hat man jedenfalls den Eindruck.

Gegenüber dem Theater versetzt mich das Kinoerlebnis in eine Phantasiewelt, aus der ich nur ungern wieder auftauche. Nach dem Ende des Films sitze ich noch gern einige Minuten, um den Abspann zu verfolgen – in Wirklichkeit aber, um wieder zu mir zu kommen. Reden kann ich erst nach einer gewissen

Zeit über einen Film – jedenfalls dann, wenn er mich gepackt hat. Am liebsten gehe ich noch ein wenig durch ruhigere, kleine Straßenzüge und sammle mich erst mal. Im Kino finde ich die Anonymität, die ich zu einem intensiven Kunstgenuss brauche. Den finde ich im Theater kaum, wo man das Spielen zu sehr merkt. Immer häufiger gibt es hier nur noch Klamauk. Die meisten Schauspieler können nicht sprechen, geschweige denn, sich bewegen. Viele Aktionen sind überzeichnet oder sogar überflüssig. Erst wenn ich das Spiel nicht mehr bewusst wahrnehme, kann ich mich in einen Ablauf versenken, kann ich wirklich genießen und mich auf das Ereignis konzentrieren. Das geschieht im Kino weit häufiger als im Theater. Aber auch das Kino verliert in dem Maße für mich an Attraktion, je mehr es sich zu einer Fressbude entwickelt und ich minutenlang das Geknister von Tüten ertragen muss. Dagegen die Flasche Rotwein oder Bier – die kann es schon sein. Sie knistern nur selten.

Kochgenüsse

Zum Kochen bin ich durch die Liebe gekommen. Ich besaß in meiner Studentenbude einen Elektrokocher mit zwei Platten. Mangels Geld und weil wir die Zweisamkeit liebten, begann ich mir zu überlegen, wie ich meine Liebste verwöhnen könnte. Es begann mit kleinen Toastgerichten aus der Pfanne. Auf der einen Platte wurden die Toastscheiben geröstet. Auf der zweiten in einer Pfanne die Zutaten zubereitet. Meist Bananenscheiben, Schinken und Schmelzkäse. Mit der Zeit dann immer raffinierter gewürzt und präsentiert. Es gab nur einen kleinen runden Tisch in dem Zimmer. Ich legte eine weiße Tischdecke auf, die ich wahrscheinlich von zu Hause mitbekommen hatte. Dann wurden Teller, Gläser und Gedecke aufgetragen. Und hin und wieder wurde der Tisch mit Blumen dekoriert, die ich im nahegelegenen Supermarkt erstand. Zum Essen gab es anfangs meist Erdbeersekt und den Wein dieser Tage, wie er jedenfalls unter Studenten kursierte: Lambrusco oder Bauerntrunk; jeweils aus Zwei-Literflaschen.

Die ganze Dekoration machte etwas her. Meine Liebste jedenfalls geriet angesichts der kleinen Eß- und Trinklandschaft in höchste Verzückung. Und das spornte mich wiederum an, meine Phantasie zu entfalten und neue Einfälle zu bekommen. Nur durch dieses Wechselspiel – flankiert durch den Rausch der jungen Liebe – ist zu erklären, wieso ich Spaß am Kochen bekam und mich mehr und mehr entfaltete. Dazu muss ich sagen, dass ich von Haus aus eher freudlose Koch- und Esserinnerungen hatte. Typisch protestantisch eigentlich – von wenigen festlichen Anlässen abgesehen. Getränke zum Essen gab es, jedenfalls wenn im Rahmen der Familie gegessen wurde, gar nicht. Und das Design hielt sich in Grenzen. Bei sieben bis acht Personen reichte der Platz auch so kaum. Auch wäre der Aufwand zu groß gewesen.

Was mich nun dazu brachte, neben den Kochkünsten vor allem am Design zu feilen, ist schwer zu sagen. Wahrscheinlich vor allem die Begeisterung und Anerkennung meiner Liebsten. Vielleicht auch der Wunsch nach Steigerung des Vergnügens, nach Abwechselung und allmählich auch der Spaß am Kochen und Präsentieren selbst. Als Gegensatz zur Berufstätigkeit, die wenig Raum für die Entfaltung von Phantasie ließ. Mit zunehmenden Fähigkeiten machte es mir immer mehr Spaß. Dazu muss ich sagen, dass ich immer nur dann koche, wenn ich Lust dazu verspüre. Und wenn mir etwas einfällt.

Dass man mit der Zeit raffinierter kocht, immer mehr Erfahrung bekommt und seine speziellen Vorlieben entwickelt – das hat der grundsätzlichen Freude am Kochen keinen Abbruch getan. Es ist ein Gewinn an Lebensqualität, auch die sogenannten kleinen Gerichte möglichst liebevoll und phantasiereich zu gestalten. Es können also auch Bratkartoffeln sein. Sie gut zuzubereiten (und vor allem die richtigen Kartoffeln zu verwenden), gerät mittlerweile schon zu einer kleinen Kunst. In Lokalen trifft man selten auf sie.

Die Kultivierung der Kochkünste über jedes Maß hinaus: immer teuere Beigaben, ellenlange Rezepte, immer schwieriger zu erstellende Gerichte, jede Menge Organisationsaufwand – dem verweigere ich mich. Dabei beschleicht mich vielfach der Eindruck, dass es in den meisten Fällen gar nicht mehr ums Kochen geht, sondern um Prestige, Distinktion oder andere fremdbestimmte Motive. Dann fehlt eben genau das, was mich zum Kochen gebracht hat und heute noch reizt: Der Akt des Kochens im Kontext von Liebe und Wohlgefühl. Eine solche Atmosphäre lässt sich auch mit noch so raffinierten Kochtechniken nicht erreichen.

Geld als Gebrauchswert

Über das Wesen des Geldes hatte ich viel nachgedacht. Marx und Simmel gelesen. Vollends begriffen habe ich es auf ganz andere Weise.

Wir hatten für einen guten Zweck Geld gespendet. Darüber zu reden, war uns peinlich. Gleichwohl kam in der Kneipe das Gespräch auf den Anlass unserer Spende. Wir saßen mit einem klugen, sensiblen Kollegen zusammen. Als er von unserer guten Tat hörte, sagte er nur lapidar: Geld hat eben auch einen Gebrauchswert.

Auf diese einfache Formel haben wir später dann immer wieder zurückgegriffen. Jedenfalls immer dann, wenn mit Geld irgendetwas Positives bewirkt werden konnte.

Künstlertreff

Ich gehe gern die kleinen Nebenstrassen der Hauptgeschäftsstraßen. Sie sind ruhiger und interessanter als die repräsentativen Straßen. Man findet dort kleine Geschäfte, Boutiquen, Cafes und Ateliers. Auf einem dieser Gänge sehe ich Bilder im Fenster. Ich bleibe stehen, um sie zu betrachten. Da taucht er im Fenster auf: Der Künstler selbst. Offensichtlich ist er es, wie ich an seiner mit Farben beklecksten Kleidung sehe. Er grüßt mich freundlich und winkt mich schließlich zu sich herein ins Atelier. Ein kleiner Raum, vollgestellt mit Bildern, einem Maltisch, einem Heizgerät, zwei Stühlen. Ein kleines Kofferradio. Mehrere Bilder befinden sich in Arbeit. Der Maler: Bärtig, gelocktes, angegrautes Haar, helle und blitzintelligente Augen. An den Augen erkennt man einen Menschen. Seine sind nicht nur blitzintelligent – ich kann es nicht anders nennen – sie sind auch gütig. Seine ganze Gestik ist gütig, einladend, zur Kommunikation bereit.

Ich schaue mich um. Die Bilder gefallen mir auf Anhieb. Ich weiß noch nicht recht warum. Ich bin kein Experte. Verfüge kaum über ein analytisches Instrumentarium. Aber dass die Bilder mir gefallen, weiß ich sofort. Erst viel später werde ich wissen, warum.

Der Künstler nennt sich ZEZO. Wir machen uns bekannt. Wechseln einige Worte. Er ist mir sympathisch, weil freundlich und zugänglich. Ich fühle mich wohl in dem kleinen

Raum, unter all den Bildern. Ich verspreche wiederzukommen.

Seit der ersten Begegnung haben wir uns mehrere Male getroffen. Zwischenzeitlich haben wir mehrere Bilder von ihm erworben. Das Wort verkauft passt nicht zu ihm. Er trennt sich schwer von seinen Bildern. Ist nicht darauf aus, sie einem anzudienen. Es scheint ihm eher peinlich zu sein, über den Preis zu reden. Er entschuldigt sich nahezu dafür. Es hat den Anschein, als würde das Geld unsere Kommunikation stören. So empfinden wir es wohl beide.

Immer, wenn ich die kleine Straße entlange gehe – meistens gemeinsam mit meiner Frau, schauen wir nach, ob ZEZO anwesend ist. Manchmal gehen wir zu ihm rein. Entschuldigen uns. Möchten nicht stören. Er ist jedes Mal höflich. Immer beschäftigt. Lässt es uns jedoch nicht merken. Wir merken es auch so. Wir freuen uns, dass er zu tun hat. Die Besuche sind meist kurz.

Eines nachmittags begebe ich mich mit einer Flasche Rotwein im Gepäck zu ihm. Da ich mich nicht angemeldet habe, bin ich erfreut, ihn anzutreffen.

Vor Wochen hatten wir verabredet, über einige meiner Gedichte zu reden, die ich ihm nach langem Zögern überlassen hatte. Jetzt, wo ich da bin, verläuft das Gespräch ganz anders. Wir sprechen übers Theater, über alte und neue Filme, über Literatur und schließlich über die Malerei. Anlass sind unter anderem die großen Ausstellungen von Hopper und Cézanne, die zur Zeit laufen und die wir beide gesehen haben. Von Hopper sei er enttäuscht gewesen. Bis auf kleinere Skizzen, die ihm sehr gefallen haben, stellt er erhebliche Defizite im Handwerklichen bei Hopper fest. Zwei linke Hände, unstimmige Linienführung und Proportionen und ein geradezu simples Design. Er frage sich, was Hopper so populär gemacht habe.

Mir fällt auf, dass ZEZO ganz anders an Bilder herangeht als ich. Er schaut sehr auf die Produzentenseite, wie etwas gemacht ist. Mein Zugang ist stets ein thematischer. Was stellt der Künstler dar, ist es relevant, und wie gestaltet er sein Thema? ZEZO schaut dem Künstler auf die Finger. Schaut gewissermaßen hinter die Kulissen. Vollzieht den künstlerischen Prozess nach.

Die Popularität Hoppers versuche ich mit dem relativ leichten Zugang zu den Bildern zu erklären: Sie sind sehr gegenständlich – fast photographisch präzise – und von simpler Struktur. Die Thematiken sind allseits vertraut: Einsamkeit, Leere, Entfremdung, Unfähigkeit zur Kommunikation. Insofern gelingt es Hopper, die Stimmung seiner Zeit zu erfassen.

Aber vom künstlerischen Standpunkt aus erklärt dies wenig. Das Spiel von Licht und Schatten, die Darstellungsebenen, die Motive – all das überzeugt ZEZO nicht. Nichts sei auf hohem künstlerischen Niveau oder gar innovativ.

Ganz anders sieht er Cézanne. Dieser sei ein wahrer Revolutionär gewesen. Die Bilder nicht leicht zugänglich und von höchster künstlerischer Brillanz. Da auch ich die Cézanne-Ausstellung außerordentlich gelungen fand, können wir uns darüber schnell einigen. Vor allem durch die Konfrontation mit seinen Zeitgenossen wird die Bedeutung Cézannes noch unterstrichen.

Cézanne beherrsche viele Stilrichtungen, meint ZEZO. Er habe sie teilweise revolutioniert. Das mache einen Teil seiner Größe aus. Heute glaube jeder, ganze Epochen der Entwicklung einfach überspringen zu können und modern zu malen. Das sei nicht möglich, und man merke es als Kenner sofort, da meistens keine Substanz vorhanden sei. Er habe noch Lehrer gehabt, die darauf bestanden hätten, dass er das ganze Repertoire des Malens, das Handwerkliche eben, lerne. Dafür sei er heute dankbar.

Wir tauschen uns dann über Filme aus und stellen fest, dass wir ähnliche Vorlieben und Kriterien haben. Das erzählende Kino, wie Jim Jarmusch oder Wenders es praktizieren, ist unsere Vorliebe. Es muss ein Überschuss an Sinn und Phantasie vorhanden sein. Vielleicht sogar etwas, das unerklärlich bleibt.

Durch dieses Gespräch verstehe ich auch seine Kunst besser. In ZEZOs Bildern gibt es immer mehrere Bedeutungsebenen, die sich dem Betrachter nicht sofort erschließen. Sie verbergen eine Sphäre der Transzendenz, die man dechiffrieren muss. Das ist es wohl – bei aller farblichen Komposition – was das Faszinierende seiner Bilder ausmacht.

Wir kommen dann aufs Schreiben und darüber zu meinen Gedichten. ZEZO erkennt das Entscheidende: Meine assoziative Art des Schreibens. Das käme seiner Produktionsweise sehr nah. Der thematische Ausgangspunkt, dann scheinbare Abschweifungen oder Variationen, dann wieder zum Thema zurück, um einen neuen Aspekt anzureißen.

Auf diese Weise sind viele Variationen und Perspektiven auf ein Thema möglich. Und in künstlerischer Hinsicht gibt es große Möglichkeiten der Gestaltung.

ZEZO verfügt über eine ausgeprägte Urteilskraft. Er denkt nach beim Sprechen. Ihm kommen keine Floskeln über die

Lippen. Viele Urteile beruhen auf eigenen künstlerischen Erfahrungen in diversen Genres. Er kennt sich im Theater aus, weil er Bühnenbildner ist. Hat im Film gearbeitet, ja hat sich überhaupt alles erarbeitet. Das macht ihn glaubwürdig und sein Urteil so wertvoll für mich. Ich freue mich über viele Übereinstimmungen und über seine Anerkennung. Wir haben sie uns im Gespräch erarbeitet. Unsere Seelenverwandtschaft hilft uns dabei. Ein wenig auch der Rotwein.

ZEZO spricht beim Abschied von einem Buch, das er mir gern schenken möchte. Es handele sich um Erzählungen von Hundertjährigen. Nach Wochen schickt er mir eine Kopie des Buches zu, da es nicht mehr erhältlich war.

Durch das Buch begreife ich noch besser, was ZEZO auch in seiner Kunst anstrebt. Es ist nicht die Darstellung einer vorhandenen Wirklichkeit, sondern die Kommunikation mit einer anderen Form der Wirklichkeit: Dem Transzendentalen. Die Alten in dem Buch reden mit ihren längst verstorbenen Partnern oder Kindern. Sie beziehen sie in ihr Leben ein. Leben nach wie vor mit ihnen. Reden auch über Vergangenes. Aber dieses ist ihnen gegenwärtig. Wird noch einmal reproduziert. Auf diese Weise neu erschaffen. Umgedeutet. Erklärt.

Vieles davon finde ich in ZEZOs Bildern wieder. Eine transzendente Welt, die offen ist für Interpretationen, die uns Raum lässt für unsere Phantasie, die wir ausfüllen können mit einem individuellen Sinn. Es ist wohl dieses Überschüssige, was mir ZEZOs Kunst so attraktiv und wertvoll macht.

Ich bin so froh, ihn zu kennen. Und ich freue mich sehr über jede künftige Begegnung mit ihm. Salve ZEZO!

Queen

Herbstabend. An der Theke eines englischen Lokals. Britische Besucher. Einige spielen Billard. Gelöste Feierabendatmosphäre. Kurz nach 22 Uhr verändert sich die Stimmung. Unruhe kommt auf, aber keine Hektik. Der Wirt stellt Kerzen auf die Tische. Die Gäste verharren in Schweigen. Gesenkte Köpfe. Nur gelegentlich gedämpfte Zwiegespräche. Eine Mitteilung kursiert. Ich begreife nicht, was vor sich geht. Die Musik changiert. Es ertönt die Musik einer Band, die ich zwar schon gehört hatte, aber nicht identifizieren kann. Sie gefällt mir spontan. Dann wird der Fernseher angestellt. BBC. Eine Sondersendung wird angekündigt. Zum Tode eines Sängers namens Freddy Mercury. Ich kannte ihn bis dahin nicht. Offenkundig wird seine Musik gespielt. Welch Spektrum. Während der Sendung herrscht tiefe Andacht. Kerzen brennen. Einige der Gäste blicken stumm vor sich hin. Sie haben einen Verlust erlitten. Ich trinke noch ein Glas Whiskey. Je mehr ich von der Musik höre, desto besser gefällt sie mir. Farewell Freddy. Ich verbringe den Abend im Kreis dieser Andächtigen, fühle mich ihnen nahe.

Am nächsten Tag kaufe ich eine CD der Gruppe Queen. Diese Musik gehört seitdem zu unserem festen Repertoire. Mittlerweile wissen wir mehr über Freddy Mercury und die Band. Wir haben Filmausschnitte gesehen. Wissen, welch großer Künstler er war. Verrückt und besessen. Akribisch. Mit enormem Stimmvolumen.

All dies ist immer wieder hervorgehoben worden. Ich möchte dem nichts mehr hinzufügen. Es ist alles gesagt. Ich jedoch bin dankbar dafür, dass ich diesen Zugang zu seiner Musik hatte und dazu einen unvergesslichen Abend erleben durfte. Danke Freddy.

PS: Aus Dankbarkeit haben wir später unsere erste Katze Freddy genannt, obwohl es eine Sie war. Diese Katze haben wir heiß und inniglich geliebt; der Name war mithin eine gute Wahl.

Quichoterien

Mit dem Don Quichote wurde ich durch den Kontakt mit meinem ehemaligen Lehrer bekannt. Dieser lebte zeitweise in Sevilla; war am dortigen Goethe-Institut beschäftigt; heiratete eine Carmen und war eigentlich mehr Spanier als Deutscher. Seinem Wesen nach.

Er war es, der mir von der weiten, kargen Landschaft der La Mancha erzählte, der Kultur Andalusiens, dem Anarchismus, der hier seine Wurzeln hatte. Durch ihn hörte ich zuerst von Garcia Lorca, den die Falangisten ermordeten. Und dann immer wieder einmal vom Don, in dessen Figur der unverwechselbare Charakter Spaniens seinen Ausdruck gefunden hatte.

Näher befasst mit der Lektüre des Don Quichote habe ich mich dann im Rahmen einer Semesterarbeit, in der ich die Charaktere des Hamlet und Don vergleichen sollte. Also den Charakter des Zauderers, der vor lauter Zweifel und Ekel an der Welt keinen Sinn in der menschlichen Tat mehr sehen kann. Und ihm gegenüber der Visionär, der sich aufmacht, die verloren gegangene Würde und Gerechtigkeit in der Welt wiederherzustellen. Je mehr ich mich in diese Charaktere vertiefte, desto klarer wurde mir, dass die Welt sie beide brauchte. Den Skeptiker, der sein Handeln reflektiert und sich der Ohnmacht seiner Interventionen bewusst ist. Und den Visionär, der sich vom Erfolg einer Tat nicht abhängig macht, sondern gegen alle

Widerstände seinen Idealen treu bleibt. Vom Temperament her neigte ich mehr zum Don. Obwohl mir die hamletsche Skepsis nicht fremd war, so scheute ich doch vor dem Grüblerischen, Selbstquälerischen seines Charakters zurück. Am Don gefiel mir das Emotionale, der grenzenlose Idealismus, die Spontaneität und das Ver-rückte. Sich nicht abfinden, das Unmögliche versuchen, die Wirklichkeit verändern – das waren Eigenschaften, die mir imponierten.

Man sieht schon: Ich nahm beide Figuren nicht nur ernst – ich versetzte mich in sie hinein. Verglich sie mit meinen Verhaltensweisen. Stellte sie vor Aufgaben, die ich zu bewältigen hatte. Ich nahm sie gewissermaßen persönlich.

Ich befand mich damals in einer existentiellen Umbruchsituation. Die beiden Charaktere, in die ich mich so sehr vertieft hatte, sie wurden ein Teil von mir. Ich überwand die vielen Zweifel mit einer ungewöhnlichen Willenskraft. War ich andrerseits dabei, mich zu übernehmen, holte mich der Zweifel wieder ein. Ich pendelte ständig zwischen diesen Polen.

Ich orientierte mich in dieser Zeit an Maximen, die ich in der Beschäftigung mit den Beiden entwickelt hatte: Der Wirklichkeit fremd und stets entfremdeter, aber doch größer als sie, lautete die eine. Und: Kein Mensch ist mehr als der andere, wenn er nicht mehr tut. Und schließlich: Der Wert einer Handlung bleibt vom äußerlichen Erfolg unberührt.

Diese Maximen halfen mir, mein Handeln zu strukturieren und einzuordnen. Ich konnte Niederlagen verwinden und mir Neues zumuten. Vor allem entwickelte ich einen unbedingten Willen, ohne den ich vieles nicht hätte durchstehen können.

Seither bin ich der Figur Don Quichotes immer mal wieder begegnet – voller Achtung, Anerkennung und voller Wohlwollen. Wie schrieb ich damals: Er verkörperte etwas spezifisch Spanisches und etwas allgemein Menschliches. Und letzteres ist das Signum aller großen Literatur.

Rituale und Routinen

Rituale heben sich aus unseren Alltagshandlungen durch ihre Bedeutung, einen besonderen Sinngehalt hervor. Sie stellen etwas Besonderes dar: Durch die Feierlichkeit in den proceduralen Abläufen und eine gewisse Exklusivität der Anlässe. Solche Anlässe sind beispielsweise die Übergänge in die Zyklen des menschlichen Lebens. Die Geburt als Übergang ins Leben, die Taufe als Eintritt in die Gemeinschaft der Gläubigen, die Konfirmation als solche ins Erwachsenenleben, die Hochzeit ins gemeinsame Eheleben oder der Tod als Eintritt in die Ewigkeit oder auch als Ende dieses Zyklus. All diese Übergänge werden durch bestimmte, in gewissen Grenzen festgelegte Regeln und Prozeduren oder durch Symbole untermauert. Oft in Form von Feiern mitsamt den Ingredienzen von Ansprachen, Ess- und Trinkgewohnheiten, Geschenken.

Dagegen stellen Routinen Alltagshandlungen dar, die wir ohne besondere Aufmerksamkeit, ja oft sogar unbewusst vollziehen. Sie werden nur dann reflexiv, wenn Störungen eintreten. Man findet zum Beispiel die Zahnbürste nicht an ihrem Platz, um das tägliche Zähneputzen zu verrichten.

Unser Leben besteht zu einem großen Anteil aus diesen täglichen Routinen. Ihr Vorteil ist gerade, dass wir nicht ständig über unsere Praktiken nachdenken oder gar Entscheidungen mit all ihren voraussetzungsvollen Implikationen treffen müssen.

Nun ist es reizvoll darüber nachzudenken, ob es nicht möglich ist, bestimmte Routinen zu ritualisieren, um sie bedeutungsvoller und sinnhafter zu gestalten. Das würde der Routine des Alltags einen gewissen Reiz verleihen und diesen ganz einfach lebenswerter machen. Um aus Routinen Rituale zu machen oder sie zumindest aus dem bewusstlosen Vollzug herauszulösen, müssen sie mit Bedeutung aufgeladen und in den einzelnen Elementen ihres Handlungsablaufs zeremoniell gestaltet werden. So kann etwa das Kochen für den Partner, das Sonntagsfrühstück oder auch das tägliche Teetrinken am Nachmittag zu einer Besonderheit werden. Es steht dann jeweils für ein Mehr an Bedeutung und Sinn, als in der konkreten Handlung sichtbar wird. Das Kochen wird zum Liebesbeweis, das Frühstück zur Gemeinschaftsbekundung, das Teetrinken zum feierlichen Gesprächsrahmen. Um dies zu erreichen, müssen die Handlungen zelebriert werden: Durch ein entsprechendes Design wie Tischdecken oder Kerzen, einen besonderen Wein, ein überraschendes Detail, eine ungewöhnliche Lokalität. Derartige Rituale in den Alltag zu überführen, darin kann der Reiz für eine Beziehung liegen. Und sie davor zu bewahren, zur Routine zu werden. Das verlangt ein gewisses Maß an Reflexion und die Phantasie der Beteiligten.

Alltag im April

Träume verscheuchen
Ofen anzünden
Wasser kochen
Tee ansetzen
Nachrichten

Der Papst der Papst der Papst
Friedensengel
Freund der Ärmsten
Hat er ein Dogma für sie geopfert?

Blick auf den Friedhof
Morgen wird der Freund begraben
Was heißt begraben?
Seine Asche wird versenkt
Und die Erinnerung an ihn
Armes Leben Armer Tod

Himmel bedeckt
Ein Buchfink baut
Sein Nest in der Lärche

Die Amsel in der großen Tanne
Dieselbe Stelle wie letztes Jahr
Es gefällt ihr in meiner Nähe

Auch der Zaunkönig ist aktiv
Verliert alle Scheu
Läuft mir fast über die Füße
Zu beschäftigt mit seinen fünf Häusern

Spielende Eichhörnchenkinder
Toben um den Baum Schafe blöken
Warten schon
Der Hund des Toten auch
Winselt
Dritter Todestag der Katze
Blick auf den leeren Stuhl

Der Tee dampft
Viel Flüssigkeit soll helfen

Auf dem Zettel steht:
ACC
Beerdigung DO 15.00 Uhr

Buchfink baut und baut
Gut getarnt
Rotkehlchen und Drossel picken am Boden
Friedlich: ein Dompfaffpärchen
Leise Klagelaute
Amseln kämpfen noch
Oder schon wieder
Singen doch so schön

Lese Gedichte
Wenige
Schreibe über das Schreiben
Über Zugänge

Immer sind es die Zugänge
Die entscheiden
Und die Bedeutungen
Die Bedeutung der Zugänge
Der Zugang zu den Bedeutungen
Beides muss
Erschlossen werden
Immer wieder von neuem

Essen tiefgefroren
Mit Spiegelei
Anruf der Liebsten

Macht sich Sorgen die Stimme zart
Und einfühlsam
Tut der Seele gut

Etwas Sonne kommt durch
Schon nahen die Tiefflieger

Will die Hündin ausführen
Nicht weit
Sie ist zu schwach
Das alte Mädchen dankt es mir
Schaut sich ständig um
Sucht ihr Herrchen
Ich kann ihn nun einmal nicht ersetzen
Hat sie noch Wasser im Napf?

Schafe erwartungsvoll
Warten auf die Brotration
Habe das Brot vergessen
Selbst das Böckchen biedert sich an

Keine Post heute
Gestern auch nicht
Esse hastig
Nicht nötig
Anruf bei H.
Dank für Hausrezepte Mittagsschlaf
Lese ein wenig
Literatursendung
Ausgerechnet jetzt

Will sich treffen
Mitte Mai
Warum nicht
Ist noch lang hin

Wieder Literatursendung
Klaus Mann: Der Wendepunkt
Ein Tapferer Sensibler
Klarsichtiger
Kein Sieger

Holz hacken
Tee kochen
Kamillentee
Zwiebel auskochen
Mit Honig trinken
Soll helfen
Und Gurgeln immer wieder
Dann lassen die Schmerzen nach

Blumen für den Freund bestellt
Von deinen Nachbarn und Freunden
Ich schau oft runter
Er kommt nicht
Nie mehr
Döse
Lese
Schlafe
Lese
Kluges über J.B.
Warum schreibt er mir nicht?
Ich warte seit Tagen

Bin wahrscheinlich zu spät gekommen
Wie so oft

Etwas Sonne kommt durch
Dennoch kalt
Will nicht raus
Heute noch Reifenwechsel
Sommer Winter Sommer

Kann von hier aus die Straße einsehen beruhigend
Keine Überraschung in Sicht

Forsythie blüht
Holunder bekommt Blätter
Alles möchte leben
Der Friedhof wird hergerichtet
Alles muss sauber sein
Das Dorf rüstet sich
Es soll Regen geben
Passt immer
Die Liebste beim Friseur
Tapfere Liebste

Die Schafe warten noch immer

Schon 17.30 Uhr
Wird der Reifenwechsel stattfinden?

Ofen nachschauen
Abendbrot später
Gewohnheit ändern
Der Reifenwechsel ist erledigt
Der Sommer kann kommen

Schafe gefüttert

T.M. ruft aus Berlin an
Kommt Freitag gegen 19.00 Uhr
Will bei uns übernachten
Abgemacht

Abenddämmerung
Amselstunde
Dann Rotkehlchen
Zum Schluss die Zaunkönige
Singen lauter und klarer heute
Hört der Freund sie?

Dann Ruhe
So scheint es
Nicht mit dem Käuzchen
Will auch seine Liebste betören
Wechselt die Plätze
Besingt sie von allen Seiten

Der Ofen knistertdas wärmt mit
Brauche ihn noch

Nun muss nur noch die Müdigkeit hinzukommen

Lese noch einige Gedichte
Zur Beruhigung

Nun erst kehrt Ruhe ein

Bildbeschreibung

Ein verwahrlostes Fabrikgebäude? Eine alte Schule? Ein Gefängnis? Alte, rissige Mauern. Ein kleines, geöffnetes Fenster fällt auf – ein Fenster zur Welt, zum Leben, wie eine Hoffnung. Ich denke an meine Kindheit, die Werft, diese Welt, die mir immer Angst gemacht hat, aber auch voller Abenteuer war. Ich rieche die Vergangenheit förmlich; sie riecht modrig, nach Feuchtigkeit und Schmutz. Aber es gibt auch dies Gefühl von Wildheit und Freiheit. Von Geheimnis. Ich höre Van Morrison das Lied von der Straße seiner Kindheit singen. Sehr ruhig. Sehr wehmütig. Da komme auch ich her. Das Gebäude muss voller Geheimnisse sein, wie unser Bunker. Unterschiedlich gestrichene Fensterrahmen. Weiß, bläulich. Diverse Türen, die aussehen, als wären sie lange nicht geöffnet worden. Doch halt. Eine Tür ist leicht geöffnet. In der Mitte des Bildes sitzt ein Mensch in einem Eingang – lesend? Was mag er lesen in diesem Schattenreich? Mauern lassen einen immer fragen, was sich dahinter verbergen mag. Welche Erinnerungen wollen sie festhalten? Welche Leiden, Schmerzen, Sehnsüchte? Viele Fenster sind ja da. Man könnte einen Blick nach draußen riskieren. Die Mauern sehen aus wie eine gegerbte Haut, die Erfahrungen umschließt. Das Gebäude erreicht seine Wirkung erst über die Straße, die an ihm entlang führt. Unbenutzt, ausgemergelt, holprig. Die Straße – unsere Welt. Sie war uns alles. Raum, Fläche, Phantasiereich. Ich geh auf die Straße hieß, am Leben teilnehmen, spielen gehen. Noch ist Ruhe, noch keiner da. Schatten, Mittagszeit. Nur am oberen Ende der Straße ein Mensch, leicht abgewandt. Die schattigen Stellen wirken bedrohlich. Vielleicht aber sitzt es sich hier ganz angenehm, in der Mittagshitze. Das Bild vermittelt Ruhe, aber vor allem Erinnerung. An Gerüche von Schmieröl, Tabak. Schwielige Männerhände. Spielen möchte ich auf der Straße nicht. Oder?

Vielleicht gäbe die rechtwinklige Ecke was her. Das Bild wirkt teils bedrohlich, teils geheimnisvoll auf mich. Es setzt Phantasie frei. Man kann sich darin vertiefen und verlieren. Ich muss es noch lange anschauen, um die Dinge zum Leben zu erwecken.

Bildbeschreibung (2. Versuch)

Die Frage, um was für ein Gebäude auf dem Bild es sich handelt, löst ganz verschiedene Assoziationsketten aus. Schule, Fabrik, Gefängnis, Wohnblock? Ein ganzes Universum von Möglichkeiten. Die Fenster scheinen verriegelt zu sein – also ein Gefängnis, eine ehemalige Festung mit Wachtturm. Aber die geöffnete Tür? Der lesende Mensch? Die drei geweißten Fenster? Sie sprengen das uniforme Aussehen.

Was auch immer dies Gebäude darstellt, es bleibt ein rätselhaftes, zumal wir über das Innenleben nichts wissen. Oder doch? Erinnern wir uns, welche Art von Assoziation durch Gebäude dieser Art ausgelöst werden. Zunächst Angst, Angst vor dem Hineingehen. In eine Schule beispielsweise. Sie schien mir immer ein Hort des Fremden, der Demütigung. Fremd war sie mir, weil sie eine Kultur repräsentierte, die mir fern war, die meinem Erleben nicht entsprang. Das Hochdeutsche, die vielen Ausdrücke, die gänzlich unbekannt waren, Karotten, Schreiner, petzen, Fabeln. Diese gewisse Mittelstandskultur, mit ihrer seltsamen Disziplin, gegründet auf Anpassung, Unterwürfigkeit, Verrat, Anschwärzen. Die ständige Angst, Fehler zu machen, aufzufallen, drangenommen zu werden, zu versagen. Angst vor Schlägen, Herabsetzungen. Kein Wunder, dass uns jedes Mittel der Rache recht war. Blödsinn machen war unsere Form von Widerstand, nichts ernst nehmen, alles karikieren, ins Lächerliche ziehen, Fratzen schneiden, die Gesten verfremden.

Als Fabrik oder Gefängnis würden alle Formen der Disziplin an Intensität zunehmen. Die Anordnung der Räume, die fremde Verfügung über die Zeit, die Regeln des Anstaltslebens. Mir fällt unwillkürlich Michel Foucault ein, der diese Formen der Machtausübung am Beispiel aller möglichen Institutionen beschreibt – die verschiedensten Möglichkeiten der Zurichtung von Menschen.

Schaue ich mir das Bild wieder an, so fällt der verdunkelte Himmel auf. Er passt zu meinen Assoziationen. Fast hermetisch. Wie ein bedrohliches Ungemach. Schwarz-grün, für mich voller Symbolik – das Rätselhafte des Gebäudes noch verstärkend. Und doch erscheint der Himmel nur deshalb so dunkel und bedrohlich, weil es diese Helligkeit auf dem Bild gibt. Woher kommt sie? Sie fällt vorn und hinten ins Bild ein, wie ein Scheinwerferlicht, wie eine Hoffnung in all der Trostlosigkeit. Die Helligkeit vermittelt mir ein Gefühl von Wärme in vollem Kontrast zur Schattigkeit des Gebäudes, das mir Furcht einflößt. Von solcher Art Gebäude erwartet man nichts Gutes, gewissermaßen. Kälte, Muffigkeit, Geruch von Bohnerwachs vielleicht, nummerierte Zimmer, Anonymität. Ich hätte Angst, dort hineinzugehen. Die Angst vor Institutionen aller Art überkommt mich, wenn ich mir vorstelle, ich müsste dort hineingehen. Mindestens die Angst, mich zu verlaufen, mich nicht zurechtzufinden, nicht anzukommen. Die Sprache nicht zu sprechen, an der falschen Stelle, am falschen Ort zu sein. Vor den Gerüchen, vor der Enge. In einem solchen Gebäude kann ich mir nur Enge vorstellen, Dunkelheit. Ich musste einmal dienstlich, während einer Volkszählung, ein Obdachlosenheim betreten. Diese Erinnerung überkommt mich. Erinnerung als Geruch.

Welche Assoziationen habe ich zu Gefängnissen? Erstaunlicherweise kommen mir welche. Auf dem Weg zum Kindergottesdienst mussten wir durch die Okko-tom-Brook-Straße am Gefängnis vorbei. An den hohen Mauern, an den vergitterten Fenstern. Mutter hatte uns verboten hinzuschauen. Wir taten es umso intensiver. Immer war mir, als würde ich Gesichter hinter den Gittern sehen. Bilder dieser Art waren von großer Eindringlichkeit und ließen mich stundenlang nicht los. Man hatte uns gesagt, die Gefangenen bekämen nur Wasser und Brot. Und in der Tat sah ich Gesichter von Durstenden, Bittenden. Ich habe sie auf Käthe-Kollwitz-Bildern wiedergesehen – vielleicht sind sie mir deshalb so unheimlich. Ich glaubte, aufgerissene Augen zu sehen, und so sehr mich der Anblick faszinierte, ja gewissermaßen gefangen nahm, so froh war ich, wenn wir das Gefängnisgelände passiert hatten.

So ist sie, die Kinderwelt, die uns immer wieder einholt, voller Geheimnisse, Ängste und Wunder. Wie intensiv ich sie erlebt habe, bis zum letzten Tag. Ganz bewusst. Und wollte nie Abschied nehmen von ihr, denn sie war auch ein großes Reich der Freiheit, jedenfalls außerhalb der Welt ihrer Institutionen. Wenn wir spielten. Dann bestimmten wir die Regeln. Die Phantasie blühte, wir waren mächtig, wissend, lebendig. Der Raum war unser, die Gegenstände tanzten nach unserer Pfeife. Ob etwas Torpfosten, Zielscheibe, Waffe oder Werkzeug war, bestimmten wir. In unseren Spielen waren wir erfinderisch, wir mussten es sein. Welches Reich der Möglichkeiten.

Ein solches Gebäude wäre ein Terrain für Eroberungen gewesen, hätte ungeahnte Phantasien freigesetzt. Wie unser Bunker, in den wir trotz aller Warnungen immer wieder eindrangen, in seine feuchten Räumlichkeiten. Vor dem Widerhall unserer

Schritte zitternd. Und doch: Wie schnell gewöhnte man sich an die Dunkelheit, jeder Schritt ins Ungewisse ein Triumph. Der Modergeruch, die Feuchtigkeit, Mutproben. Einige gelangten bis ganz nach oben. Wenn man wieder raus war, ein unglaubliches Gefühl. Die Luft, die Helligkeit, das bestandene Abenteuer, die Geschichten, die jetzt erfunden wurden für die, die nicht dabei waren. Jeder tat etwas dazu, ein Phantasiereich entstand. Es füllte viele Stunden unserer Kinderträume. Wie reich wir waren. Dieses Gebäude wäre unser gewesen. Die geöffnete Tür lädt ja geradezu ein zum Erobern. Einmal vom Turm aus die Gegend überblicken, zu sehen, was sich hinter den Mauern verbirgt.

Einen eigenen Zugang suchen – nicht über den zwingenden Blick von Institutionen, das scheint das Wichtigste zu sein. Meinen Zugang. Alles Wissen verblasst vor dem Phantasiereich der Kindheit. Während die Träume Möglichkeiten schaffen, zerstört unser Wissen diese. Was nutzt uns unser Wissen beim Betrachten des Bildes? Nur wo eigene Erfahrungen ins Spiel kommen, gelingen Annäherungen.

Friedhofstreff

Friedhöfe sind Stätten der Ruhe und Besinnung. Sollte man meinen. In dem kleinen Ort, in dem ich zeitweise lebe, erfüllt der Friedhof noch eine andere Funktion. Im Dorf gibt es keine Kneipe, keine Kirche, kein Geschäft und auch keinen anderen Gemeinschaftsraum. Also treffen sich die Einwohner mehr oder wenig zufällig auf dem Friedhof. Dieser ist Stätte der Kommunikation. Hier werden Neuigkeiten oder Erinnerungen ausgetauscht, hier werden Geschichten erzählt und weitergesponnen.

Anfangs wunderte ich mich über das zuweilen rege Treiben auf dem Friedhof. Sobald jemand nach den Gräbern sah, kam schon der oder die nächste hinzu. Die Sorge um den Zustand der Gräber schien nicht der Hauptgrund für den Besuch zu sein. Sonst könnte man die Häufigkeit der Besuche nicht erklären. Für viele im Ort stellt der Friedhof eben eine der wenigen Möglichkeiten dar, sich zu treffen und mit anderen zu reden.

Fußball

Meine Leidenschaft für den Fußball begann mit dem Besuch des ersten Fußballspiels, den ich im Alter von vier Jahren mit meinem Vater unternahm. Das Spiel fand auf einem Hartplatz statt. Es gab keine Zuschauertribüne. Die Zuschauer standen auf ebener Erde. Alles Männer. Ich sah vom Spiel so gut wie nichts. Nur Männerbeine. Was mich berauschte, war die Geräuschkulisse, der Lärm. Jubelnde, pfeifende, schimpfende Männer. Eine ungeheure, wogende Masse, die mich als kleinen Kerl zu überfluten drohte. Ich war fasziniert. Der Damm war gebrochen. Ab jetzt gab es nur noch den Fußball für mich. Mit der Zeit merkte ich mir Namen und Mannschaften. Vorbilder bildeten sich heraus. Ich begann im Bett mit Papierkügelchen Fußballspiele zu inszenieren. Sprach Kommentare dazu. Eignete mir das entsprechende Vokabular an. Ahmte den Geräuschpegel nach durch eine Art anschwellendes Röcheln. Mein erster Berufswunsch war folglich: Sportreporter. Aber erst nach einer erfolgreichen Karriere als aktiver Fußballer.

Diese begann als Straßenfußballer. Auf Schlacken- und Sandplätzen. Meist ohne Ball. Gespielt wurde mit Stoffballen und Blechdosen. Es gab einen einzigen Ball in der ganzen Siedlung. Dieser gehörte einem verweichlichten Nachbarsjungen, der eigentlich nicht mit uns spielen durfte, da wir als Rabauken galten. Hin und wieder gelang es uns, an den Ball zu kommen. Ein schwarzer Gummiball, dem allmählich die Luft ausging.

Eines Tages im Jahre 1954 sprach der Friseur, der zu uns nach Hause kam, meine Eltern an, ob ich nicht bei einem Fußballverein mitspielen dürfe. Zusammen mit meinem älteren Bruder und einem Nachbarsjungen. Meine Eltern erlaubten es.

Nie werde ich vergessen, wie ich meine erste Fußballkluft bekam. Schon Stunden vor dem Spiel zog ich sie an. Immer wieder besah ich mich in der großen Scheibe unseres Wohnzimmerschranks. Ich fuhr dann mit dem Fahrrad und nur mit meiner Kluft bekleidet zum Sportplatz. Das Herz schlug wie wild. Wir spielten auf dem großen Feld. Ich weiß noch wie heute, wie unendlich weit das Tor entfernt war, wenn man mit seinen kleinen Beinen versuchen wollte, den Ball in Richtung Tor zu befördern. Wir spielten größtenteils gegen ältere Mannschaften. Entsprechend sahen unsere Ergebnisse aus: 1:14; 0:11 usw. Es gelang uns ein einziges Mal, gegen die vierte Knabenmannschaft eines benachbarten Vereins ein Unentschieden zu erreichen: 1:1. Der Nachbarsjunge hatte das Tor für uns geschossen. Ich habe ihn fast erdrückt dafür.

Jeder Fußballinteressierte weiß, dass das Jahr 1954 kein beliebiges war. Deutschland wurde zum erstenmal Fußballweltmeister. Ich erlebte die Vorrundenspiele in der Verschickung. Das war eine Institution der Arbeiterwohlfahrt, bei der Kinder aus einfachen Verhältnissen sich erholen sollten. Es war eine Tortour für mich. Diese hatte nur einen Grund: Wir durften nicht Fußballspielen. Stattdessen gab es Wanderungen und Mittagsschlaf. Die reinste Folter. Was aber fast genau so schlimm war: Ich war von Informationen abgeschnitten. Ich wusste nicht, wie unsere Mannschaft gespielt hatte, ob sie überhaupt noch im Wettbewerb war. So bat ich meinen Vater, mir Briefe zu schreiben. Er tat es. Ich erhielt mit der Verspätung von zwei bis drei Tagen einen Spielbericht. Noch heute weiß ich die meisten Ergebnisse und die Torschützen. Man kann sich nicht vorstellen, wie ich auf neue Nachrichten wartete. Zu meinem großen Glück war ich zum Endspiel wieder zu Hause. Auf dem kleinen Radio in der Küche hörten wir die Übertragung mit dem unvergesslichen Herbert Zimmermann als Reporter. Nach dem Spiel stürzten wir auf die Straße. Umarmten uns. Und spielten unaufhörlich Fritz Walter, Helmut Rahn, Toni Turek und wie sie alle hießen. Selbstverständlich kannte ich die ganze Mannschaftsaufstellung. Noch heute. Selbst die der Ungarn, die über die bessere Mannschaft verfügten. Aber an einem regnerischen Julitag des Jahres 1954 hatte es eine der größten Sensationen des Weltfußballs gegeben. Deutschland wurde Weltmeister.

Meine eigene Karriere erhielt einen Knick, als meine Leistungen in der Schule nachließen. Ich durfte fortan nicht mehr Fußballspielen. Weder auf der Straße, noch im Verein. Es war die Höchststrafe für mich. Alle Martern hätte ich auf mich genommen, wenn ich nur hätte spielen dürfen. Das ganze Martyrium dauerte einige Wochen. Ich riss mich in der Schule zusammen. Und endlich durfte ich wieder spielen. Enthusiastischer denn je. Ich hatte viel nachzuholen.

Eines Tages wurde ich entdeckt. Der Jugendleiter eines Fußballvereins – wir hatten über zehn in unserer Stadt – sprach mich an, ob ich Lust hätte, bei ihnen zu spielen. Ich hatte schon, aber entscheiden mussten die Eltern. Der Mann war im Hauptberuf Lehrer. Entsprechend redegewandt und vor allem: überaus engagiert. Er überzeugte meine Eltern, machte ihnen klar, dass sie keinerlei Kosten aufbringen müssten, da ich Fußballschuhe und Trikot gestellt bekäme. Auf diese Weise kam ich zu meinen ersten Fußballschuhen. Ein Traum. Ich hegte und pflegte sie wie nichts sonst. Fünf Jahre spielte ich für meinen neuen Verein. Voller Begeisterung und mit einigem Erfolg. Bis zur ersten Jugendmannschaft, aus der dann neun Spieler in die erste Mannschaft wechselten. Es war die schönste Zeit meiner Fußballer-Laufbahn. Diese endete dann, als ich wegen vieler Ortswechsel, die durch meine Fortbildung bedingt waren, nur noch als Freizeitfußballer aktiv war. Das allerdings noch recht lang.

Noch heute überkommt mich eine Art Fieber, wenn ich an die Anfänge zurückdenke. Manchmal denke ich auch darüber nach, was aus mir geworden wäre, wenn ich in die richtigen Hände gekommen wäre. Zu einem Fußball-Lehrer, der nicht nur für die Kondition, sondern auch für die Psyche zuständig gewesen wäre. Der das Übermaß an Ehrgeiz und Besessenheit in die richtigen Bahnen gelenkt hätte. Aber derlei Gedanken sind müßig. Was bleibt, ist die Erinnerung an eine Zeit voller Leidenschaft und Engagement, die ich nicht missen möchte. Und die mich damals aufrecht erhalten hat. Denn der Fußball war für mich eine der wenigen Möglichkeiten, Anerkennung zu finden und mich zu beweisen. Bis sich weitere Gelegenheiten ergaben, hatte ich noch einen langen Weg zurückzulegen.

Vor diesem Hintergrund schmerzt es mich, wenn ich das heutige Fußball-Vokabular höre. Da ist die Rede davon, die Räume enger zu machen, den Gegner zu doppeln, die Zweikämpfe aggressiver zu führen oder früher in die Zweikämpfe zu kommen oder auf den Gegner draufzugehn. Das sind lauter destruktive Strategien. Dann ist die Rede von sogenannten Fußballtugenden wie Disziplin, Ordnung und Kampfbereitschaft. Innerhalb der Mannschaften müssten Hierarchien entstehen usw. Man glaubt sich auf einem Kasernenhof. Dagegen könnte man fragen: Wo bleibt das Spiel? Die genannten Tugenden scheinen zum Selbstzweck geworden zu sein. Auch erhebt sich die Frage: Was nutzen all diese Tugenden, wenn die Spieler darüber das Spielen verlernen, sich nur noch als Kampfmaschinen verstehen? Es mag ja sein, dass die genannten Eigenschaften Erfolg bringen. Aber das Fußballspiel geht darüber zugrunde.

Verwundert bin ich auch darüber, wie wenig intelligent die meisten Fußballphilosophien praktiziert werden. Dreierkette oder Viererkette, 4-3-3 – oder 3-5-2-Systeme. Oft werden sie einer Mannschaft übergestülpt, und man wundert sich, dass sie nicht funktionieren. Als ob nicht die Systeme abhängig wären von der Qualität der einzelnen Spieler.

Erfreut bin ich immer wieder, wenn ich sehe, dass durchschnittliche Mannschaften gegen vermeintliche Starensembles gewinnen. Wie ist das möglich? Häufig nur deshalb, weil es einer Mannschaft gelingt, der Qualität einzelner Stars die Teamqualität einer ganzen Mannschaft entgegenzusetzen. Das macht Hoffnung. Vor allem auch deshalb, weil es immer wieder vorkommt, dass Mannschaften ohne herausragende Einzelspieler auch über lange Strecken große Leistungen hervorbringen. Sogar Meisterschaften erringen.

Man muss abwarten, wie der Fußball sich weiter entwickelt. Immer mehr wird er zum Geschäft. Das Effizienzdenken der Wirtschaft ist auch auf diesem Feld auf dem Vormarsch. Bleibt zu hoffen, dass der Reiz des Spiels nicht vollends auf der Strecke bleibt. Ich jedenfalls bin froh, dass ich noch Fußball spielen durfte.

Philosophie

Was mein Interesse für Philosophie weckte, ist schwer zu sagen. Vielleicht waren es die langen Spaziergänge am Wasser, wenn ich einmal wieder an allem zweifelte. Am Meer wird die Begrenztheit der Welt unmittelbar sinnfällig. Hier drängen sich Fragen nach dem Sinn des ganzen Daseins geradezu auf. Ich jedenfalls stellte sie mir. In meinem Beruf war ich unglücklich. Ich empfand meine Tätigkeit als sinnlos. Fühlte mich einsam. War auf der Suche nach etwas Neuem. Ich kaufte mir damals ein kleines Büchlein mit Sinnsprüchen von Nietzsche. Lesend und sinnierend verbrachte ich viel Zeit damit am Wasser. Hier ließ sich durchatmen.

Zur gleichen Zeit bezog ich über einen Bücherbund ein Philosophie-Buch von Karl Jaspers über Plato, Aristoteles und Kant. Ich las darin, verstand aber recht wenig. Wieder später – ich hatte meinen Beruf bereits aufgegeben – lud mich der Philosophie-Dozent einer Heimvolkshochschule, die ich besuchte, privat zu sich ein. Wir tranken Rotwein und er philosophierte. Ohne allzu sehr auf mich Rücksicht zu nehmen. Mich beeindruckte, wie er schwierige Fragen formulieren konnte. Es fielen die Namen Sartre und Teilhard de Chardin. Wir tranken noch mehr Rotwein und ich glaubte mehr und mehr zu verstehen.

Mein Interesse war endgültig geweckt. Ich las, was mir in die Finger kam, und ab und zu stieß ich auf Gedanken, die mir selbst schon einmal so oder ähnlich gekommen waren. Das spornte an. Ich las die Philosophiegeschichte von Störig. Er versteht es meisterhaft, Zusammenhänge darzustellen. Als ich dann an einem Kolleg das Abitur nachholte, hatte ich das Glück, auf zwei philosophisch gebildete Lehrer zu treffen: In Deutsch und Latein. Wir unterhielten uns auch außerhalb des Unterrichts oft. Mittlerweile konnte auch ich mitreden. Mein Interesse war jetzt so stark, dass ich Philosophie studieren wollte. Was ich dann auch tat, wenn auch nur im Nebenfach. Ich las Kant, Hegel, Heidegger und Adorno, schrieb Seminararbeiten und besuchte mit Vorliebe Vorlesungen. Sie boten den Vorteil, dass ein bestimmtes Thema zusammenhängend dargeboten wurde. Außerdem war es ein Genuss, dem Philosophie-Professor zuzuhören, der sich in originellen Formulierungen erging.

Was mich immer wieder verblüffte war, dass mir die Aussagen der verschiedensten Philosophen stets plausibel erschienen – auch wenn sie sich untereinander widersprachen. Versuchte man, die Logik eines bestimmten philosophischen Systems nachzuvollziehen, war dieses in sich durchaus stimmig. Vertrat jemand eine gegenteilige Auffassung, verhielt es sich ebenso. Das fing schon bei den alten Griechen an und zieht sich durch die gesamte Philosophiegeschichte.

Dann gab es philosophische Sätze, die mir auch nach intensivem Nachdenken nicht einleuchteten. Ein solcher Satz war Hegels *Alles Wirkliche ist vernünftig, alles Vernünftige ist wirklich.* Ich fand immer, dass es sich um eine reine Tautologie handelt, auch wenn sich meine Professoren noch so sehr bemühten, mir das Großartige dieses Satzes zu vermitteln. Ich konnte die Wirklichkeit und meine Erfahrungen mit diesem Satz nicht in Einklang bringen. Ja, ich empfand Hegels Aussage als opportunistisch. Da war mir Kant näher. Vor allem sein Diktum, dass sich alles menschliche Handeln am Maßstab der Vernunft messen lassen müsse. Dieser emphatische Geist der Aufklärung begeisterte mich. Er passte auch in unsere Zeit.

Nach und nach ging mir der Sinn für philosophische Spitzfindigkeiten ab. Damit mochten sich die professionellen Vertreter des Fachs beschäftigen. Schließlich leben sie davon, immer neue Sichtweisen zu entdecken. Es dauerte lange, bis ich begriff, dass es falsch war, in den verschiedenen philosophischen Denksystemen nach ewigen Wahrheiten zu suchen. Ich bin mehr und mehr dazu übergegangen, Philosophie auch in kleineren Dosen zu genießen. So unterschiedliche Denker wie Lichtenberg oder Adorno haben in ihren Aphorismen wunderbare Anregungen geliefert. Durch sie kann man sich zum eigenständigen Denken anregen lassen. Dabei kann ein langer Spaziergang am Meer durchaus hilfreich sein.

Politik

Mit Politik wurde ich schon als Kind konfrontiert. Anders als in bürgerlichen Familien gehörten politische Themen bei uns zum täglichen Brot. Nachrichten wurden gehört und kommentiert. Ich erinnere mich, wie Anfang der fünfziger Jahre der Korea-Krieg ausbrach: Der Vater war in großer Sorge, dass daraus ein neuer Weltkrieg entstehen könnte. Oder die Diskussionen über die Wiederaufrüstung in derselben Zeit. Viele der Debatten hörte ich bei meinem Opa, der mit seiner Meinung nicht hinterm Berg hielt. Auch kam es vor, dass die Männer sich beim Skatspiel in die Haare kamen und das ganze im sehr Grundsätzlichen endete. Dann gehörten Vorwürfe politischer Art zur Auseinandersetzung dazu. Der eine war Kommunist; der zweite hatte mit den Nazis kollaboriert; und der Dritte war Sozialdemokrat. Es fielen Begriffe wie Einheitsfront oder Namen wie Rosa Luxemburg und Karl Liebknecht. Als ich viele Jahre später wieder mit diesen Namen konfrontiert wurde, interessierten sie mich besonders. Ich war gewissermaßen vorbelastet. Ich schrieb schließlich meinen Abitur-Aufsatz über den Ausspruch Rosa Luxemburgs, wonach es keine Demokratie ohne Sozialismus und keinen Sozialismus ohne Demo-kratie geben solle. Das blieb für mich immer eine politische Richtschnur.

Die Politik spielte stark in den Alltag hinein. So, wenn die Männer über Löhne und Arbeitsbedingungen diskutierten. Über Arbeitsunfälle. Über die Werftkrise, die allgegenwärtig war. Über drohende Entlassungen. Gerüchte, die umgingen. Das war Alltagsgespräch und ging nicht ohne politische Ein-schätzungen ab. In der Kneipe wurde erzählt, wie es früher gewesen war. Zu welchen Hungerlöhnen gearbeitet wurde. Von der langen Zeit der Arbeitslosigkeit während der Weima-rer Republik. Das hatte meinen Vater dazu gebracht, sich den Nazis anzuschließen. Er, der im Arbeitersportverein und in der Gewerkschaft groß geworden war.

Und immer wieder war die Aufrüstung Thema. Dagegen waren sie alle. Die Männer waren im Krieg gewesen. Die Frauen hat-ten den Krieg an der Heimatfront erlebt. Insbesondere aber der Opa, der alles Militärische hasste, produzierte sich. Er machte sich lustig über die hehren Ideale vom treuen Kameraden. Ihn hatten sie schwerverletzt in den Linien bei Verdun liegen lassen. Wir werden abgelöst, hatten ihm die Kameraden zugerufen. Keiner von ihnen habe sich um ihn gekümmert. Bis auf einen kleinen Juden, zu dem er auch Jahre später noch Kontakt hatte. Der habe ihn gerettet unter Einsatz seines Lebens. Dieses Er-lebnis machte ihn immun gegen die spätere Judenverfolgung.

All diese Erlebnisse wurden immer wieder erzählt. Sie bewirk-ten eine unmerkliche Politisierung bei mir. Ich wäre nie auf den Gedanken gekommen, die Dinge anders zu sehen. Selbst als die Lehrer später ihre Kriegserlebnisse berichteten, vom Heldentum des deutschen Soldaten schwafelten, vom Iwan und Tommy schwadronierten – ich war immun gegen dieses Geschwätz, weil ich über einen politischen Kompass verfügte, der mir verlässlicher schien als die Reden der Lehrer, auf die ich wenig gab. Sie kamen mir vor wie Leute, die einer anderen Welt angehörten.

Für Politik habe ich mich immer ganz selbstverständlich interessiert. Man war damit aufgewachsen. Es hatte nichts Exklusives. Damals habe ich noch nicht geahnt, dass ich eines Tages Politikwissenschaft studieren würde. Darauf war ich jedenfalls gut vorbereitet.

Spießer

Spießer stellen eine Gefahr für die Menschheit dar. Sie treten bevorzugt in Massen auf. Als einzelne sind sie harmlos und eher feige. In der Menge fühlen sie sich stark. Ihr hervorstechendstes Signum ist das enge Normenkorsett. Was sie nicht kennen, lehnen sie ab. Speisen ebenso wie fremde Menschen. Sie leben von ihren Vorurteilen. Ihr Markenzeichen ist das Nachplappern von Parolen. Das erspart ihnen das eigene Denken.

Ihr Medium ist der Stammtisch. Dort lässt sich im Chor grummeln. Dort vergewissert man sich seiner. Hier entscheidet die Lautstärke und Schlichtheit des Arguments. Je plumper, desto besser.

Ein Merkmal des Spießers ist sein Hang zur Gemeinheit, die freilich im Mantel der Harmlosigkeit daherkommt. Man hat dies und jenes über jemanden gehört, weiß aber nichts genaues. Erfährt man Zustimmung, wird aus einem Gerücht schnell eine Gewissheit. Dann übertreffen sie sich gegenseitig. Jeder macht ein bisschen dazu. Und auf diese Weise bestätigen sie sich gegenseitig und stabilisieren ihr Weltbild. Werden sie mit Fakten konfrontiert, zucken sie mit den Schultern. Werden sie zur Rede gestellt, waren nicht sie es, die ein Gerücht aufgebracht haben. Sie haben nur davon gehört. Ansonsten sehen und hören sie nichts. Bob Dylan hat dies treffend in folgender Sentenz zum Ausdruck gebracht: *How many times can a man turn his head pretending he just doesn`t see?*

Gefährlich ist ihr kultureller Imperialismus. Zwar fehlt es ihnen an Intelligenz und Originalität, um kulturell dominant zu sein. Aber sie kultivieren ihre Geschmacklosigkeit, das ewig Gleiche, die in Form und Inhalt inkarnierte Niveaulosigkeit. Der Musikantenstadl in Permanenz gewissermaßen. Ihre Hymne ist das Prosit der Gemütlichkeit, das freilich etwas Bedrohliches hat, wenn es allzu besoffen daherkommt.

Zur wirklichen Gefahr wird das Spießertum in Verbindung mit politischen Bewegungen. Keine Diktatur, die sich nicht auf sie stützen könnte. Sie lieben die Ordnung. Ihre Ordnung. Da ist alles Fremde von Übel. Sie machen es verantwortlich für ihr erbärmliches Dasein. Sie lechzen danach, jemanden unter sich zu haben, auf den sie herabschauen können. Wenn es sein muss auch: Den sie treten können. Da kommen dann leicht Ausländer- und Minderheitenhass, Vorurteile gegen sozial Schwächere, nationale Hysterie und politische Gemeinheiten gegen alles Abweichende zusammen.

Spießer gibt es überall. Es ist nicht entscheidend, ob jemand Deutscher, Amerikaner, Franzose, Engländer, Italiener oder Grieche ist. Entscheidend ist die Zugehörigkeit zur Spießerklasse des jeweiligen Landes. Spießer gibt es in jeder Partei, auch wenn man sie gerne stärker auf der Rechten ansiedeln möchte. Aber leider sind diese Repräsentanten der Denkfaulheit und kulturellen Minderbemitteltheit in allen Lagern zu finden. Man muss überall vor ihnen auf der Hut sein.

Funktionäre

Ähnlich wie Beamte sind Funktionäre unentbehrlich. Dafür sorgen sie schon selbst. Sie verfügen nämlich über die seltene Gabe der Selbstreproduktion. Deren Mechanismen versteht nur, wem es vergönnt war, in das Innenleben dieser seltsam anachronistisch anmutenden Kasten vorzudringen. Dazu muss man ihre gebräuchlichen Rituale kennen.

Ein sichtbares Zeichen ihrer Unentbehrlichkeit ist der Terminkalender. Kommen mehrere Funktionäre zusammen, kann man immer wieder das gleiche Ritual beobachten: Ein neuer Termin muss her. Zum Ritual gehört das Hervorholen der Terminkalender. Nicht die Tatsache als solche ist interessant, sondern die Art und Weise, in der das geschieht: Mit schmerzverzerrtem, aber bedeutungsvollem Gesicht. Dann das müde Lächeln, wenn einer der Teilnehmer es wagt, etwa für die nächste Woche einen Termin vorzuschlagen. Wie kann man nur! Typischer Anfängerfehler. Man geht die Wochen durch. Vor der achtunddreißigsten Woche läuft gar nichts. Wie ist es mit der vierzigsten? Der fünfundvierzigsten? Man belässt es nicht beim Achselzucken. Bedeutungshierarchien entstehen. Da bin ich beim Staatssekretär. Ich beim Minister. Die Woche drauf bin ich mit einer Delegation in Israel. Ich in China. So geht es in einem fort. Alle Vorschläge, derartige Verfahrensweisen zu rationalisieren, stoßen auf einen merkwürdigen Widerstand, bestenfalls Ignoranz. Es ist, als wolle man einem Kind das Lieblingsspielzeug wegnehmen. Wie bei allen Ritualen ist es auch hier: Sie sind von großem Beharrungsvermögen. Längst zum konstitutiven Merkmal des Funktionärshabitus geworden.

So kommt es gelegentlich sogar vor, dass die Unabkömmlichen darum bitten, die Terminfrage zum vorgezogenen Tagesordnungspunkt zu erheben. Dann kann es sein, dass der eigentliche Anlass des Treffens zur Nebensache gerinnt. Ich habe erlebt, dass sich Teilnehmer nach der anstrengenden Arbeit einer Terminfindung gleich zum nächsten Termin verabschiedet haben. Man hatte ja das Wichtigste erreicht: Einen neuen Termin. So ist auch zu erklären, dass Sitzungen zustande kommen, auf denen Teilnehmer nicht wissen, wie sie dahin gekommen sind. Sie wurden seitens ihrer Organisation delegiert, einfach weil sie das Pech hatten, noch einen Termin frei zu haben. Ich hatte es mir zur Gewohnheit gemacht, bei diesem Ritual keinen Terminkalender zu zücken. Meine wenigen Termine hatte ich meist im Kopf. Die mitleidigen Blicke der Runde waren mir gewiss.

Immer klarer wurde mir: Mit derartigen Ritualen stabilisieren sozial homogene Gruppen ihr Zusammengehörigkeitsgefühl. Sie unterstreichen damit ihre Bedeutung. Und stärken ihr Gruppenbewusstsein.

Es gibt der Rituale noch mehrere. Wir wollen sie hier nicht alle aufzählen. Nur soviel: Alle Utensilien, die von Funktionären mitgeführt werden – vom Kugelschreiber bis zum Aktenkoffer, ja das gesamte Outfit, repräsentieren eine verborgene Bedeutung, die nur dechiffrieren kann, wer derartige Rituale zu würdigen weiß. Sehr verbreitet war zum Beispiel die Praxis, sich während einer Sitzung ausrufen zu lassen. Dann klingt es durch das ganze Tagungslokal: Der Kollege X möge unverzüglich die Zentrale anrufen oder ähnliches.

Nicht unerwähnt bleiben darf auch der heute übliche Handy-terror. Handygeklingel in allen passenden und unpassenden Situationen. Es scheint zum Ideal geworden zu sein, ständig erreichbar zu sein. Man könnte von einem Ende der Intimität sprechen. Man kommuniziert permanent, ohne miteinander zu reden. Besser: Man kommuniziert ständig mit anderen Orten, aber nicht dort, wo man sich gerade aufhält.

Nicht fehlen darf schließlich der Laptop. Er wird mittlerweile schon in die Sitzungen mitgebracht. Der Tag scheint nicht mehr fern, wo die Geräte anstelle der Personen die Kommu-nikation übernehmen. All dies führt dazu, dass der technische Aufwand von Sitzungen steigt; die Ergebnisse aber in keinem Verhältnis dazu stehen.

Wer darüber hinaus glaubt, die Effizienz einer Sitzung oder Tagung erhöhe sich im Verhältnis zur Anzahl bedeutender Teilnehmer, ist auf dem Holzweg. Dazu sind sie nicht da, die wichtigen Leute. Sitzungen sind dazu da, sich zu zeigen. Zu repräsentieren. Meist werden nur unverbindliche Appelle oder Statements abgegeben. Die relevanten Entscheidungen fallen woanders. In kleinen Zirkeln. Durch Vorabsprachen. Besten-falls lässt man zuvor getroffene Entscheidungen hier absegnen. Die Regel jedoch ist das Austarieren von Meinungen und Strö-mungen, die der gewiefte Funktionär allerdings meist ohnehin schon kennt. Das macht ja gerade einen Aspekt seiner Unent-behrlichkeit aus.

Man darf bestimmte Eigenschaften, die der unbedarfte Beob-achter womöglich kritisch anmerken würde, den Funktionären nicht persönlich ankreiden. In der Regel handelt es sich bei ih-nen um nette Menschen. Ein wenig fahrig und gestresst – aus naheliegenden Gründen. Aber überaus kompetent und professionell. Auch kommt es vor, dass sie äußerst verständig sind, ja nachdenklich. Aber ihr Handeln unterliegt den ehernen, das heißt einem gewissen Beharrungsvermögen gehorchenden Gesetzen von Organisationen. Und diese können sie nicht nach Belieben verändern. Wollen sie auch nicht. Vieles hat sich bewährt. Oft reicht schon als Legitimation, dass es immer so gemacht wurde. Und die Regeln, denen sie folgen, dienen ja vor allem auch der Durchsetzung eigener Interessen. Hier liegt die tiefere Ursache dafür, dass Organisationen wenig Neigung zur Selbstreflexion oder gar Veränderung zeigen. Bevor Organisationen sich der riskanten Prozedur einer Reformdiskussion aussetzen, müssen ernsthafte Krisensymptome vorhanden sein: Mitgliederschwund oder Finanzprobleme. Aber auch dann ändert sich in der eigentlichen Organisationspraxis meist wenig. Die Organisation müsste sich ja selbst infrage stellen. Wer sollte daran interessiert sein? Wer wollte das Risiko des Scheiterns auf sich nehmen? So wird in allen größeren Organisationen zwar permanent über notwendige Reformen geredet; bis in die Niederungen des Organisationsalltags dringen diese Debatten jedoch kaum jemals durch.

Nur der Vollständigkeit halber sei erwähnt, dass damit auch jede Kritik von außen auf verlorenem Posten steht. Auch gut gemeinte Anregungen stoßen meist auf Ignoranz, wenn nicht gar auf erbitterte Ablehnung. Die Organisation mag noch so sehr in der Krise stecken: Die gewohnten Praktiken werden meist rigoros verteidigt. Krisen haben demnach immer externe Ursachen.

Versuchen wir noch ein wenig weiter in das Geheimnis von Organisationen und dem Wesen ihrer Akteure vorzudringen. Funktionär kommt bekanntlich von funktionieren. Funktionieren soll die Organisation. Diese erhält er am Leben. Aber diese hält auch ihn am Leben. Auf diese Weise entsteht eine wechselseitige Abhängigkeit, die dazu führt, dass man am Ende oft gar nicht mehr weiß, wer wichtiger ist: Die Organisation oder der Funktionär.

Der Funktionär wird aus verständlichen Gründen alles daran setzen, sich unentbehrlich zu machen. Das macht er am besten dadurch, dass er permanent seine Unersetzlichkeit demonstriert. Daher wird er alles tun, Kompetenzen an sich zu reißen, Informationen und Wissen zu monopolisieren und überall in Aktion zu treten, wo immer es ihm möglich ist. Auf die Dauer werden so Organisation und Funktionär identisch. Denkt man beispielsweise an eine Partei, denkt man automatisch an ihre führenden Funktionäre. An die Vorsitzenden zumeist. Der ganze Apparat, die Programmatik, die vielen Mitglieder, die ja immerhin auch zur Organisation gehören und diese ja eigentlich im wesentlichen ausmachen, treten so gut wie nicht in Erscheinung. Die Organisation agiert in Gestalt ihrer Spitzenfunktionäre. Alles andere ist unsichtbares Beiwerk.

Aus all dem resultiert, dass Funktionäre wenig Interesse an Transparenz oder innerorganisatorischer Demokratie haben. Die Mitglieder dienen wesentlich nur als Publikum, bestenfalls als Akklamationsinstanz, um die Position des Funktionärs zu bestärken. Keinesfalls gedenkt dieser, die Mitglieder in irgendeiner Weise an Entscheidungen zu beteiligen. Lässt sich dies nicht vermeiden, zum Beispiel aus Satzungsgründen, werden die Entscheidungen so präformiert, dass sie ohne Alternative scheinen. Oder Entscheidungen werden so weit und unverbindlich gefasst, dass für jeden etwas dabei ist und dem Funktionär genügend Spielraum bleibt, sie in seinem Sinne zu deuten.

Im Zeitalter der Medien wird das Erscheinungsbild des Funktionärs zunehmend inszeniert. Mit seiner Bedeutung wächst der Aufwand. Der Vorsitzende einer Partei sitzt heutzutage nicht einfach nur auf dem Podium. Er hält Einzug in den Tagungssaal. Begleitet von einem Tross von Mitarbeitern, Wachpersonal, Journalisten. Meist kommt er nicht pünktlich. Das unterstreicht nur seine Bedeutung. Die Spannung steigt. Kommt er schließlich, herrscht Erleichterung. Die Wartenden verfallen in einer Art kollektiven Rausch. Eine Kapelle spielt auf. Dazu rhythmisches Klatschen. Es herrscht Volksfeststimmung. Der Gladiator zieht ein. Die Veranstaltung nähert sich dem Höhepunkt.

Derartige Auftritte enthalten bereits die Botschaft. Gerichtet an die eigene Klientel, aber immer auch an die Öffentlichkeit. Seht her, ich bin die Organisation und die Organisation existiert nur durch mich. In der modernen Medienlandschaft werden derartige Inszenierungen immer wichtiger. Nicht die Inhalte, sondern wie lange der Applaus währt, ist entscheidend. Die einstudierte Gestik bestimmt das Bild; das Design muss stimmen. Erst wenn alles zusammenkommt, ist die Show gelungen.

Der Funktionär, der wiedergewählt werden will, wird den Mitgliedern immer nur das sagen, was diese hören wollen. Unbequeme Wahrheiten stören die Harmonie. Nachdenklichkeit ist nicht gefragt. Alles steht zum Besten. Und wir sind die einzigen, die es können. Dieser Botschaft wird die gesamte Tagungsregie untergeordnet. Dafür sorgen Tagesordnung, Geschäftsordnung, Rednerliste und Sprechzeiten. Kritische Stimmen sind nicht gefragt. Abweichende Meinungen unerwünscht. Wenn möglich, werden sie umgehend sanktioniert. Überraschungen sind so nahezu ausgeschlossen. Geschlossenheit und Einheit sind die am häufigsten verwendeten Appelle auf Kongressen.

Für den reibungslosen Ablauf zu sorgen, dafür gibt es die vielen Funktionäre. Sie gelten dann als erfolgreich, wenn nichts Unvorhergesehenes passiert. Wenn sie „alles im Griff haben". Wenn alles wie geschmiert läuft. Wie eine gut geölte Maschine. Konflikte gelten als Krisensymptom. Allen abstrakten Bekenntnissen zur Streitkultur zum Trotz.

Vermieden werden unliebsame Überraschungen auch dadurch, dass Organisationen ihre Ziele nur vage bestimmen. Je allgemeiner, desto besser. Die Ziele müssen hehr und groß sein. Und möglichst erst in Generationen erreichbar. Ewigkeitswerte gewissermaßen. Das sichert der Organisation ihre Langlebigkeit. Schaut man in die Programme von Parteien, so finden sich überall die gleichen Werte: Freiheit, Gleichheit, Gerechtigkeit – darunter macht es kaum eine bedeutende Organisation. Darum gehört es zu den Lieblingsbeschäftigungen auf Kongressen, diese Ziele zu beschwören und künftigen Generationen als Gewissheit anzuempfehlen. Das entledigt vom konkreten Handeln, das selten in Einklang gebracht werden kann mit diesen nahezu transzendentalen Wertvorstellungen.

Teilnehmer an Kongressen fühlen sich denn auch umso erhabener, desto steiler die Werteskala ansteigt. Man fühlt sich im Einklang mit der Geschichte. Der tiefere Sinn der ganzen Veranstaltung besteht ja vor allem darin, die Ziele der Organisation in Erinnerung zu rufen und die meist krude Wirklichkeit zumindest für die Dauer des Kongresses in den Hintergrund treten zu lassen. Man schaut gewissermaßen von einer höheren Warte auf die Welt und siehe da: Alles erscheint schon viel erträglicher. Wenn nicht heute, dann eben morgen oder irgendwann.

Insofern ist der Funktionär, der all dies organisiert, immer auch ein guter Bote, der Repräsentant des Kommenden. Dadurch erhalten seine Handlungen eine gewisse Weihe. Seine Worte und Gesten umweht nunmehr ein Hauch von Geschichte. Davon zehrt er in seinem grauen Alltag. Das hilft ihm, jeden Tag aufs Neue sein Tagwerk zu verrichten und fortzusetzen. Und das unterscheidet ihn vom Beamten, der im wesentlichen eine dienende Funktion hat und oft gar nicht mehr weiß, welchen Zielen er verpflichtet ist. Der Funktionär dagegen kann sich als Statthalter einer geschichtlichen Mission fühlen. Diese von Zeit zu Zeit ins Bewusstsein der Organisation zu rücken, ist eines ihrer Überlebensprinzipien. Schaut her, scheint der Funktionär zu sagen: Durch mich lebt eure Idee, lebt unsere Organisation weiter. Solange es mich gibt, braucht ihr euch nicht zu sorgen. Darum lebe der Funktionär hoch – ohne ihn wären wir ärmer. Wir müssten ihn neu erfinden, und das Ergebnis wäre das gleiche.

Intellektuelle

Ich habe drei Jahrzehnte unter ihnen verbracht, ohne mich je als einer von ihnen zu fühlen.

Intellektuelle sind Kunstprodukte. Anachronismen. Als Einzelkämpfer sind sie gezwungen, sich zu spezialisieren. Das macht sie in gewisser Weise kommunikationsunfähig. Je spezifischer ihr Wissen, desto mehr sind sie gezwungen, ihr Wissen als allgemeingültig darzustellen. Das macht sie zu Marktschreiern. Denn es ist ein Markt der Eitelkeiten, auf dem sie sich behaupten müssen. Dort herrscht Originalitätszwang. Nur der sichert Marktförmigkeit. Jede noch so banale Erkenntnis muss als noch nie da gewesen behauptet werden. Das ist ein Job, der meist wichtiger ist als die Erkenntnis selbst.

Ausnahmen bilden die wenigen Genies unter ihnen, deren Besessenheit sie abhebt von der Masse. Sie gehen ihren Weg ohne Rücksicht auf den mainstream, einzig geleitet vom Erkenntnisdrang. Es sind Missionare, die sich ihrer Sache mit Haut und Haar verschrieben haben. Es sind seltene Exemplare.

Der normale Intellektuelle dreht sich nach dem Wind. Er nennt dies mit der Zeit gehen. Dreht sich der Wind (zum Beispiel in Gestalt der politischen Machtverhältnisse), sieht auch der Intellektuelle die Wirklichkeit neu. Es kostet ihn wenig, diese umzudeuten. Sie sind kritisch, wenn die Lage es erfordert; aber ebenso macht es ihnen wenig aus, heute das Gegenteil von dem zu behaupten, was sie gestern noch vertreten haben. Das macht sie zu Opportunisten. Sie haben gelernt, uneindeutig zu sein; sich nicht festzulegen. Zwar müssen sie so tun, als sei das wenige, was sie wissen, unumstößlich. Aber gleichzeitig arbeiten sie mit Rückversicherungen. Weitere Forschungen sind notwendig; das ist eine ihrer Standardformeln. Will man wissen, was denn nun Sache ist oder gar, wie in einer bestimmten Situation zu handeln ist, erklären sich die meisten Intellektuellen für nicht zuständig.

Eine besondere Spezies bilden die meist gut bezahlten Gutachter. Sie wissen, was sie ihrem Auftraggeber schuldig sind, und so scheuen sie keine noch so hanebüchene wissenschaftlich verbrämte Behauptung, um diesen zufrieden zu stellen. Sie betreiben ihren Job als Geschäft. Die schlimmste Klientel unter ihnen sind die Juristen, gefolgt von den Ökonomen und

Psychologen. Sie vertreten Wissenschaftszweige, die von der Verbrämung des Alltagswissens leben. Ihre zwanghafte Logik erhält von daher die stärkste Plausibilität. Durch ihren Fachjargon machen sie sich unangreifbar. Die Liste ihrer Fehlurteile ist lang.

Intellektuelle sind unsichere Kandidaten. Auf sie ist kein Verlass. Am schlimmsten sind die Konvertierten unter ihnen. Sie müssen besonders heftig dementieren, was sie gestern noch als unumstößliche Wahrheit behauptet haben. Sie hassen sich selbst. Sie möchten nicht an ihre Vergangenheit erinnert werden.

Die meisten Verhaltensweisen der Intellektuellen werden vom Markt erzwungen. Obwohl sie gern die Attitüde vom Einzelkämpfer in Einsamkeit und Freiheit aufrechterhalten, ist diese Fassade längst durch Marktzwänge zum Einsturz gebracht worden. Was vorherrscht, ist die *bezahlte Klopffechterei* (Marx). Der Rest ist Eitelkeit, die viele mit Originalität verwechseln.

Obwohl die Intellektuellen als Einzelne harmlos sind, prägen sie die öffentliche Meinung, sobald sie eine Verbindung mit den Medien eingehen. Kaum eine Diskussionsrunde, in der nicht durch selbsternannte sogenannte Experten neue Wahrheiten verkündet werden. Allen voran der Meinungsforscher. Kaum ein Thema, zu dem er sich nicht äußert. Zuweilen mutiert er zum Wahl- oder Parteienforscher. Seine Prognosen mögen sich wieder einmal als falsch herausgestellt haben. Das ändert nichts daran, dass er uns permanent mit neuen Trends beglückt. Er scheut nicht davor zurück, die größten Banalitäten wissenschaftlich zu verbrämen und sie als unzweifelhafte *Tatsachen* – Hauptsache *neu* – in die Welt zu setzen.

Ein einigermaßen ehrliches Fazit über Intellektuelle könnte lauten: Ihr wisst fast nichts, tut aber, als wüsstet ihr alles. Das macht es so schwer, sie zu ignorieren, aber auch, sie ernst zu nehmen. Dabei stecken die Intellektuellen selbst in einem Dilemma: Ändern sie ihre Meinung, müssen sie zugeben, dass sie sich zuvor geirrt haben. Ändern sie ihre Meinung nicht, setzen sie sich leicht dem Vorwurf aus, ewiggestrig, unbelehrbar, nicht auf dem Stand des neuesten Wissens zu sein. Beides ist schädlich für ihr Renommee. Aus diesem Zwiespalt gibt es kein Entrinnen. Jedenfalls nicht subjektiv. Sie verfügen nicht über die moralische Qualität des Herrn Keuner, der aus seinem Zweifel eine Tugend machte. Das aber können sich die modernen Intellektuellen nicht leisten. So werden sie uns noch lange erhalten bleiben und kräftig an ihren Priestereigenschaften arbeiten.

Der Mensch als Fehlkonstruktion der Schöpfung

Anfang der 1990er Jahre begann ich mit der Lektüre des dreibändigen Romans „Fluss ohne Ufer" von Hans Henny Jahnn. Dieser Roman hat mein Weltbild stark geprägt. Meine ohnehin skeptische Weltsicht wurde verstärkt. Meine Sensibilität für die unendliche Vielfalt und Schönheit der Schöpfung erhöht. Zugleich wurde mir klar, dass die Schöpfung sich gewissermaßen auf abschüssigem Gelände befindet. Ohne Hoffnung auf Besserung. Dieser Hoffnungslosigkeit Ausdruck verliehen zu haben, darin besteht vielleicht die größte Leistung Jahnns. Die „Helden" des Romans fügen sich nicht einfach in ihr Schicksal. Im Gegenteil. Sie versuchen alles – aber auch wirklich alles – diesem zu entkommen. Auf diese Weise wird der Roman zu einem Dokument einer verzweifelten Suche nach Sinn. Und zu einer Abrechnung mit allen, die da glauben, mit ein wenig Aufklärung und Fortschritt werde man das Rad der Geschichte schon zurückdrehen können. Dem ist nicht so. Alle Versuche, sich dem Niedergang der Schöpfung entgegenzustellen, enden letztlich in einem noch viel größeren Desaster. Dieser Ausgang ist deshalb unvermeidlich, weil der entscheidende Konstruktionsfehler der Schöpfung in der Existenzweise des Menschen liegt. In der Art, wie wir leben und unsere Reproduktion sicherstellen.

Der Mensch dünkt sich, Krone der Schöpfung zu sein. Diese Sicht schmeichelt ihm. Aus der sich selbst zugeschriebenen Stellung in der Schöpfung leitet er das Recht ab, sich die Erde untertan zu machen. Die Realisierung dieses Anspruchs bedeutet freilich, dass er aus der natürlichen Ordnung heraustritt, deren Teil er ist.

Unfähig, die weit gespannten Absichten der Schöpfung zu erkennen, scheint der Mensch seit diesem eigentlichen Sündenfall wie zum Trotz gegen die natürliche Ordnung dahinzuexistieren. Je mehr Menschenwerke er anhäuft – und so sehr er sich auch bemüht, seine Naturerkenntnisse zu erweitern – desto größer erscheint doch die Distanz zu seinen Ursprüngen.

Auch im menschlichen Zusammenleben tut sich eine tiefe, unüberwindbar scheinende Kluft auf. Als eines der unfertigsten Wesen überhaupt ist der Mensch von Geburt an, praktisch sein Leben lang auf die Gesellschaft und Hilfe anderer angewiesen – und ist doch dasjenige Exemplar der Schöpfung, das über einen unausrottbaren Trieb verfügt, seine Individualität und seinen Eigensinn zu entwickeln und auszuleben.

Schauen wir uns die Geschichte an oder schauen wir uns auch nur die gegenwärtige menschliche Ordnung an, so sehen wir, dass uralte Übel wie Krieg, Hunger, Gewalt usw. sich nach wie vor austoben, als habe es hier nie eine Entwicklung zum Besseren gegeben. Hat es sie denn gegeben?

Jahnn gibt auf diese Frage eine eindeutig negative Antwort. Er spricht von der schönen Grausamkeit der Schöpfung; sie besteht darin, dass der Mensch das Tier in sich nicht bezwingen kann – er bleibt *Menschentier*. Indem der Mensch verdrängt, dass er Teil der Natur ist und seine Reproduktion an natürliche Voraussetzungen gebunden bleibt (Marx spricht vom Stoffwechsel mit der Natur), bleiben seine natürlichen Triebe ungezähmt, so sehr er sie auch durch zivilisatorische Effekte überdecken möchte. Aber spätestens in sogenannten Extremsituationen tritt das Tierhafte in ihm wieder hervor – aber nicht nur dann. Freud hat aufgedeckt, dass viele der kulturellen Leistungen auf Triebverzicht beruhen, dass aber diese Umlenkung der Triebe auf produktive Ziele hin nicht naturwüchsig passiert. Das jeweilige Gelingen bleibt prekär.

Jahnns Bilanzierung der Schöpfungsgeschichte verfährt in einem guten Sinne radikal. Er misst die Wirklichkeit nicht an einem abstrakten Seinsprinzip, sondern verfährt immanent. Er rekonstruiert die wesentlichen Äußerungsformen des menschlichen Daseins, die *Kultur* zu nennen gerade wieder einmal modern ist. Er fragt also ganz einfach: Was hat der Mensch hervorgebracht, und wo stehen wir?

Die Unbestechlichkeit seiner Analyse kommt unter anderem darin zum Ausdruck, dass man nie das Gefühl hat, hier solle einem eine Weltanschauung untergeschoben oder Moral gepredigt werden. Über beides verfügt Jahnn nicht. Er bilanziert im Stile eines Berichterstatters, mit einer Sachlichkeit, die einen zuweilen aufschreien lassen könnte. Man fragt sich unwillkürlich: So weit ist es mit uns schon gekommen? Und vor allem: *Wie* konnte es dazu kommen?

Für Jahnn beginnt die Fehlentwicklung der Menschheit damit, dass der Mensch sich über das Tier stellt. Indem er die *Rechtsansprüche* der Tiere negiert, durchbricht er eine Ordnung, in der für alle Kreaturen Platz sein sollte.

Ein solcher Gedanke mag uns heute sehr fern sein, ja antiquiert erscheinen. Für Jahnn ist er Dreh- und Angelpunkt seiner Gedankenführung. Das Tier ist ihm der nächste Gefährte des Menschen – nicht fremdes Wesen oder Objekt seiner Begierde oder Eitelkeit, wie für den modernen Großstadtmenschen. Mit der Etablierung des Rechts der Stärkeren beginnt daher für Jahnn auch die Missachtung und bedenkenlose Ausbeutung der natürlichen Umwelt.

Seine Botschaft ist immer wieder: Würden wir die Tiere besser verstehen – es wäre vielleicht ein Schritt heraus aus der grauenvollen Einsamkeit, in die der Mensch sich hineinmanövriert hat.

So ist die Freundschaft seines „Helden" Horn mit dem Pferd Ilok für diesen von existentieller Bedeutung, weil sie den Jammer über die Verlassenheit mildert und zugleich die schauderhafte Gleichgültigkeit der Welt ein Stück überwinden hilft. Vielleicht zeigt sich hier etwas von der Mittlerfunktion des Menschen, die er hätte wahrnehmen können, bevor er sich über alle Kreaturen gestellt hat: Als Teil der Natur zu fungieren, als ein verständiger Teil und als Mittler in einer sich weitgehend selbstregulierenden Ordnung. Aber dafür ist es zu spät. Jahnn spricht von der *Schöpfungshärte*, die sich hier Bahn bricht.

Es handelt sich um keinen Fluch, der über uns gekommen ist, oder irgendein unentrinnbares Schicksal, sondern um einen Mechanismus, den wir in Gang gesetzt haben und der uns jetzt entglitten ist. Die Dinge anders zu sehen, würde nur trügerischer Hoffnung Vorschub leisten. Jahnns Botschaft wäre es jedenfalls nicht.

Unser vollständiger Mangel an Mitleid ist universell geworden. Schließlich sind wir nicht nur unsensibel gegenüber dem Gebrüll aus den Schlachthöfen. Wir sind es schon gegenüber den Ereignissen ganz in unserer Nähe. Wir sind unfähig zu sehen, zu hören, zu verstehen und folglich auch, uns zu ändern. Vor allem aber sind wir unfähig zur Scham.

Was wir mit Begriffen wie Geschichte, Kultur oder Fortschritt mehr zudecken als erfassen, ist eine Kette von Niedertracht, Entwürdigung, Vernichtung. Wer wagte noch – wie die Aufklärer – von der Entwicklung der menschlichen Gesellschaft als einem Vernunftprozess zu sprechen, der zu immer größerer Freiheit führe? Das sagen allein die Sieger – vielleicht haben es immer nur die Sieger gesagt. Jedenfalls kann man heute wissen, dass auch die Revolutionen fast nur noch Verlierer kennen.

Und die Kultur? Sie lässt sich nicht trennen vom Wesen der Gesellschaft oder des Fortschritts, dessen Kennzeichen zunehmende Unterdrückung, Verrohung, Entfremdung und Entsinnlichung sind. In einem Gespräch mit seinem Freund Lien sagt Horn: *Ich kann den Fortschritt nicht erkennen.* Aber was ich erkenne, sind Städte, die zu *Scheiterhaufen* werden oder die *Sterbeanstalten,* die man Krankenhäuser nennt. Sie sind Produkte eines Fortschritts, der von einer seelenlosen Technik beherrscht wird.

Der Mensch glaubte, einer Technik der Naturbeherrschung das Wort reden zu können und von ihr zu profitieren. Dieser Glaube reichte bis in die Arbeiterbewegung, die davon überzeugt war, mit dem Strom zu schwimmen. Aber erst allmählich dämmert es uns, dass uns die Resultate unseres Schaffens immer mehr entgleiten. Oder wie Günter Anders es formuliert hat: Der Einzelne erscheint gegenüber den Menschenwerken als hoffnungslos *antiquiert*. Wir wollten uns die Erde untertan machen und werden längst selbst in dem von uns entfachten Strudel mitgerissen. Darin besteht die Dialektik der Naturbeherrschung. Wir haben die Grenzen unserer Erfahrungs- und Verarbeitungsmöglichkeiten überschritten. Wir können die Konsequenzen unserer Taten nicht mehr kontrollieren und bekommen die Komplexität der von uns hervorgebrachten Wirkungsketten nicht mehr in den Griff.

Aber es gibt noch eine tieferliegende, prinzipiellere Ursache für die Grenzen unserer Erfahrung. *Der menschliche Geist hat die Wirklichkeit nie als etwas Ganzes betrachtet*, sagt Jahn. Sie entzieht sich seinen Sinnen und seiner Erkenntnis. Mit der Trennung von Natur und Kultur, die ursprünglich untrennbar miteinander verwoben sind, hat sich eine Denkweise etabliert, die beide zusammengehörige Elemente gegeneinander verselbständigt. Die Natur wird bloßes Erkenntnisobjekt, und mit der Heraufkunft utilitaristischer Denkmethoden, die schließlich den „Geist des Kapitalismus" prägen, wird sie Gegenstand der Bearbeitung und Ausbeutung. Mit der systematischen Entgegensetzung von Natur- und Geisteswissenschaften wird der Gegensatz zementiert und vollendet. Das Zweckmäßigkeitsdenken siegt über das Denken in Sinnkategorien, mit ungeheuren, irreversiblen Folgen, wie wir seit der Entwicklung der Kernenergie wissen. Neben die natürlichen Denkschranken treten die vom Menschen künstlich geschaffenen. *Die Wirklich-*

keit ist von unfassbarer Gleichzeitigkeit, sagt Jahnn, und im umgekehrten Verhältnis zu unserem Wissen von der Welt nimmt unser Unwissen zu. Hier liegt die strukturelle Begrenztheit des „Systems Mensch" – ein weiterer Konstruktionsfehler.

Denn der Mensch ist sich seiner Grenzen nicht bewusst. Er starrt auf das Wachstum der Dingwelt (Marx würde sagen der Warenwelt), aber der Unendlichkeit seiner Bedürfnisse korrespondiert kein Sinnverstehen. Wir lösen immer mehr Probleme, aber viel schneller entstehen neue und größere. Vieles geschieht zu langsam und zu spät. Wir setzen Techniken ein, die wir nicht beherrschen und deren Wirkungen wir nicht kennen. Beides Momente der Ungleichzeitigkeit.

Dagegen mahnt Jahnn uns innezuhalten. *Gesang durchzieht die Materie, um sie aus unendlich Kleinem aufzubauen,* fasst er die Ahnung von der menschlichen Ohnmacht angesichts der Rätsel des Universums in ein wundervolles Bild. Denn nur Bilder können jenes Loch ausfüllen, das durch die Grenzen unserer Erfahrung und Erkenntnis entsteht.

Wir finden hier ein anti-aufklärerisches, wenn man so will „postmodernes" Element im Werk von Jahnn vor. Längst ist das Vertrauen in den Geist der Aufklärung, wonach alles menschliche Handeln sich an den Geboten der Vernunft zu messen habe, verlorengegangen. Ein gewisser skeptischer Realismus herrscht vor, eine Ernüchterung, dass gerade die im Zeichen der Vernunft angetretenen Weltanschauungen versagt und sich zum Teil gegen ihre Intentionen verkehrt haben. Unsere nunmehrige Unmündigkeit ist keine des vor-aufklärerischen Unwissens, sondern eine durch den unreflektierten Glauben an den Fortschritt der Vernunft entstandene Abhängigkeit. Und für diesen Teil der Wirklichkeit, für die Menschenwerke, macht Jahnn uns auch verantwortlich. Hier spricht er davon, dass der Mensch *seine Sache sehr schlecht* mache. Dem Menschen fehle es an der bedingungslosen Demut, angesichts der Tatsache, dass er von der Welt nichts weiß. Aber auch das weiß er eben nicht. Wären wir zu dieser Einsicht fähig – wir kämen gar nicht auf den Gedanken, die Welt beherrschen zu wollen und uns zum Maß aller Dinge zu machen. Jene Demut wäre Voraussetzung dafür, innezuhalten, uns Bilder von der Welt zu machen, zu träumen, *wenn die Erde schweigt, so dass die Stille dröhnt.*

Die bescheidene Einsicht, die zur Demut vor allem Seienden führen könnte, wäre beileibe nicht viel – den meisten wird es zu wenig sein. Aber je bekannter die Tatsachen über das Ausmaß der Naturzerstörung, desto unfähiger scheinen wir zu sein, einen Moment hinzuhören, *was die Dinge uns zu sagen haben und sich der Gnade eines solchen Augenblicks bewusst zu werden.*

Stattdessen fahren wir fort zu unterwerfen; zunächst aus Notdurft, dann aus Gewohnheit und schließlich aus Prinzip. Kein Tag vergeht, der nicht neue Beweise dafür brächte, wessen der Mensch fähig ist – jenseits von Gut und Böse. Und wir sind noch nicht am Ende. Das Ende harrt unser noch.

Und sonst bleibt nichts? Kein Gott, kein Dasein nach dem Tode, kein ewiges Leben? Jahnn bleibt auch in diesem Teil seiner Bestandsaufnahme unerbittlich. *Da wir nichts wissen, wissen wir auch das nicht. Wir haben keine Erfahrung davon. Gott hat niemals ein Wort gesagt, er ist eine unauffindbare NULL.* Wir könnten ebenso von der Macht des NICHTS reden. *GOTT ist eines ihrer Worte, um sich aus der Verantwortung zu stehlen.* Gott, Auferstehung – das ist die Sprache von Propheten,

Mystikern – vergleichbar einer modernen Reklame, die mystische Seifen produziert. Auf Gott können wir uns nicht berufen. Er ist für den Zustand der Schöpfung nicht verantwortlich, mit ihm können wir uns nicht herausreden, so als wären wir die unschuldigen Opfer seines Schöpfungsaktes.

Aber was bleibt, was kann der Mensch tun? Jahnn hütet sich davor, uns einen Ausweg aufzuzeigen. Er hat auch keinen zur Hand. Vielleicht aufhören, sich Gott in Gestalt des Menschen vorzustellen – das ist nur befremdlich, ja peinlich. Damit erhielte das menschliche Tun noch die Weihen des Höheren, Unausweichlichen.

Der Hass auf alles Menschliche, von dem Jahnn verschiedentlich spricht, hat auch in dieser Anmaßung seinen Grund. Warum können wir uns nicht die Vollkommenheit unserer Niederlage eingestehen? Das wäre mehr als ein schwacher Trost, wie etwa der, alles sei gottgewollt, was wir tun. Hat Gott uns befohlen, die Schöpfung zu zerstören, Kinder zu morden, Frauen zu vergewaltigen, Fremde zu hassen?

Horn (Jahnn) geht seinen Weg mit aller Konsequenz. Er vergewissert sich seiner Beziehung zu den Menschen, zur Kunst, zu den Tieren. Das Resultat ist nicht Erlösung – darauf zu hoffen, beruhte wieder auf jener Anmaßung, alles sei schon nicht so schlimm, und es gäbe Gnade für die Täter, die wir nun einmal alle sind. Die Gnade des Augenblicks könnte darin bestehen, sich des Ausmaßes der Niederlage bewusst zu werden, das Gefühl der letztendlichen Einsamkeit und Verlorenheit auszukosten und den Sinn für das Nächste zu entwickeln. *Wenn der Mond am Himmel steht, die Wiesen dampfen, in allen Gräsern nistet Tau, die Kronen der Laubbäume stehen dunkelglänzend in einem Meer aus dünn gesponnenem Licht – und plötzlich schweigt die Erde – dann spüre ich, dass ich mit allem einverstanden bin; – weil ich die Wirklichkeit für ein Trugbild nehme, für den Schatten einer anderen Welt, aus der ich gar nicht entfernt werden kann. Ich weiß dann: was ich sehe, habe ich schon vor undenklich langer Zeit gesehen.*

Dies könnte die Atmosphäre sein, in der Kunst entsteht. Nicht als einzigartiger Einfall des Genies. Kunst entsteht für Jahnn aus dem Hinschauen, dem Hinhören. Der Künstler folgt keinem höheren Trieb, eher ist er ein Getriebener, der dem bitteren Verlangen entspricht, der tödlichen Leere des Daseins, der Gewohnheit, wenigstens zeitweilig zu entfliehen. Während der *rauschenden Flügelschläge der Arbeit,* berichtet der Musiker Horn, *gelingt es manchmal, eine Strophe, ein Motiv aus mir heraufzuholen und die merkwürdige Beschwingtheit des Nichtanderskönnens zu erfahren. Aber daneben gibt es auch, ständig lauernd, die Niederlagen der Musik.*

Der Künstler ist mehr Mittler als Schöpfer. Das Gelingen der Kunst scheint von der Intensität der Wahrnehmung abzuhängen. *Ich lauere auf den Schlag der Glocke, damit die Unendlichkeit übertönt werde,* sagt Horn. *Es ist der Augenblick, den ich deuten kann. Der glückhafte Augenblick.* Aber meistens enden diese Augenblicke mit einer Niederlage, einer Verzichtserklärung. Der Künstler kann nur einen Zipfel des Seins ergreifen. Auch er erfährt jene *Mauer aus Unzulänglichkeit,* von der er umgeben ist. Es bedürfe schon eines Genies wie Mozart, eines Glücksfalls der Schöpfung, um diese Mauer ein wenig durchlässiger zu machen. Andere Sterbliche müssen auf die raren Momente hoffen, *wenn der Sphärenklang sie anweht.*

Kunst ist nicht das Resultat reflexiver Prozesse; eher von Intuition. Zwar setzt ihre Realisierung Techniken voraus; aber im wesentlichen bleibt sie Einfühlung, Nachahmung. Freilich nicht im Sinne eines vordergründigen Naturalismus. Kunst muss durch das Nadelöhr der Subjektivität. Hier passiert die eigentliche Formung und Ausgestaltung. Auch die atonale Musik Horns ist Resultat einer subjektiven Verarbeitung, seiner Wahrnehmung von Realität als einer einzigen *Disharmonie* und Katastrophe. Nicht der Künstler verzerrt die Realität durch die Art seiner künstlerischen Darstellung; vielmehr löst sich die Wirklichkeit selbst in ihre (unverstandenen) Bestandteile auf, verlieren Werte ihren Sinn, wird die Zivilisation in das schlimmste Chaos zurückgeworfen. Diese Erfahrung Jahnns ist wesentlich vom Faschismus geprägt, vor dem er auch in seinem Exil nicht sicher ist und der die Umwertung aller Werte auf die Spitze getrieben hat.

Was aber bleibt dann noch, wenn selbst die Kunst keine Zuflucht bietet und nur Zeugnis unserer Unvollkommenheit ist? Freundschaft? Liebe?

Die Beziehungen Horns zu Frauen bleiben bei allen Versuchen der Aufrichtigkeit eher flüchtig. Der Schmerz über den Verlust der Verlobten, die von Tutein umgebracht wird, hält nicht lange an. Ja erst durch dieses Ereignis lernt Horn Tutein kennen und es beginnt eine lebenslange Freundschaft, die bis zu Tuteins Tod (und darüber hinaus) andauert.

Die Freundschaft mit Tutein entfaltet sich in allen nur denkbaren Varianten – dem gemeinsamen Abenteuer, der künstlerischen Kooperation bis hin zur orgiastischen Ausschweifung, die in einem realen Blutaustausch endet. Und dennoch: Lässt sich die Beziehung Liebe nennen? Ist sie nicht von vornherein zu asymmetrisch angelegt, da Tutein in der Schuld Horns steht, auch wenn er weitgehend (als Pferdehändler und nicht als

Künstler) deren Reproduktion besorgt? Beide bleiben einander wesensfremd. Daran ändert auch der Blutaustausch nichts, der als letzter und verzweifelter Versuch angesehen werden kann, Übereinstimmung herzustellen, sie einander gleich zu machen. Aber verträgt die Liebe überhaupt Gleichheit, lebt sie nicht vor allem auch von der Verschiedenheit der Partner, von Gegensätzen?

Jahnn spielt alle möglichen Daseinsformen zwischenmenschlicher Beziehungen durch, um am Ende zu der Einsicht zu gelangen, dass zwei Menschen einander immer fremd bleiben, so sehr sie sich auch um Verständnis und Einheit bemühen. Horn und Tutein ermutigen sich zu ihren Produktionen künstlerischer Art, ohne wirklich ein Verständnis für das Werk des jeweils anderen zu entwickeln. Kunst wird zu einem Ereignis in einer ansonsten ereignisarmen Umwelt; sie wird zum Mittel der Zerstreuung, ohne dass auch nur der Wunsch nach Verstehen dem vorausginge. Horn entdeckt das Ausmaß des künstlerischen Schaffens Tuteins erst nach dessen Tod, als er die Kisten mit den Bildern öffnet und sich in der Trauer um seinen Freund in dessen Arbeiten vertieft. Jetzt erst verkörpert diese Kunst für ihn so etwas wie einen *Fluchtpunkt aus der Welt in das Reich der künstlerischen Paradiese.*

Jahnns Darstellung dieser Männerfreundschaft hat etwas Verzweifeltes in sich. Sie zeugt von seiner Suche nach einem Ausweg aus der Einsamkeit menschlichen Seins, nach wahrhaftiger Zwischenmenschlichkeit. Er versucht, der prinzipiellen Ungeselligkeit und Fremdheit des menschlichen Daseins zu entgehen. Die Suche wird mit allerletzter Konsequenz betrieben – ohne Kompromisse, bis hinein in die verborgensten seelischen und körperlichen Erfahrungsmöglichkeiten des Menschen. Umso niederschmetternder ist das Resultat. Tutein stirbt einen sozialen Tod ohne Notwendigkeit. Er verweigert die ärztliche Hilfe, ja Hilfe überhaupt. Er will seine Ruhe, will seine Trauer zu Ende kosten. Und Horn bleibt zurück in einer Welt voll grauenhafter Einsamkeit und Verlassenheit. Ihm bleibt nur seine Kunst und sein Pferd, dieser stumme Gefährte und dasjenige Wesen, das wirklich seiner Hilfe bedarf und worin er schließlich seine Existenzberechtigung sieht.

Damit erfüllt sich Jahnns Botschaft, wenn man überhaupt von einer solchen sprechen will: Der Mensch bleibt ein zutiefst fremdes Wesen in einer Welt, deren Komplexität sich seinen Erkenntnis- und Erfahrungsmöglichkeiten entzieht. Daran ändern all seine Aktivitäten nichts. Im Gegenteil. Je hektischer und unkoordinierter diese vollzogen werden, je größer wird das Unheil, das der Mensch sich und der Natur antut.

Der ganze Romanzyklus ist eine Beweisführung für diese These. Jahn lässt kaum einen Erfahrungsraum menschlicher Existenz aus. Und doch ringt er verzweifelt darum, diesem vernichtenden Urteil zu entgehen, einen Bereich zu finden, in dem Wahrhaftigkeit und Schönheit existieren könnten. Aber ein Ausweg zeigt sich nicht und schließlich bleibt Jahn – um der Wahrheit willen – nichts anderes übrig, als von einer destruktiven *Logik der Schöpfung* zu sprechen, der der Einzelne sich vergebens entgegenstellt – wenn er sie nicht gar befördert. Und dass Letzteres viel eher zutrifft als Ersteres, daran lässt Jahn nicht den geringsten Zweifel.

Aber längst gibt es keine Möglichkeit des Entrinnens mehr. Wie schön wäre ein geringer Trost, ein Hoffnungsschimmer; aber es gibt ihn nicht. Unsere Niederlage ist vollkommen. Der Mensch hat sich als Fehlkonstruktion der Schöpfung erwiesen. Zu arm an Fähigkeiten, sich und die Welt zu verstehen – geschweige denn, sie gemäß seinen Vorstellungen zu verändern. Wir produzieren stets nur Ungeheuer – selbst dort, wo wir glauben, positiv auf die Umwelt einzuwirken. Wir stehen stets erneut vor den ungewollten und unbegriffenen Resultaten unseres Handelns, weil wir bestenfalls in Kausalitäten denken, die Komplexität einander überlagernder oder widerstrebende Kreisläufe jedoch nicht erfassen.

Vor allem aber sind wir zu wenig demütig, um uns mit einem gleichberechtigten Dasein mit anderen Geschöpfen dieser Erde zu bescheiden. Das ist vielleicht der Kern des Ganzen.

So stehen wir am Ende vor den Wirkungen unserer eigenen Werke, ohne sie und uns zu verstehen. Der Mensch bleibt ein Fremder in einer Welt, die er so gern sein eigen nennen würde, die aber doch nur den sich verflüchtigenden Ort darstellt, an dem er seine Verlassenheit zu Ende kostet.

PERSONEN

Nachruf auf einen Freund

Eher beiläufig erfahre ich vom Tod eines früheren Freundes. Er hat sich erschossen. Mich kommt die Nachricht seltsam an. Ich bin nicht erschüttert, aber doch eigentümlich betroffen. Wie ist es so weit gekommen? Lässt sich sein Tod erklären? Hätte er verhindert werden können? Hätte ich ihm helfen können?

Ich habe auf all die Fragen keine Antwort. Vom Ende her lässt sich immer nur sagen: Es musste ja so kommen. Aber musste es so kommen? Gab es diese zwingende Logik? Was mir klar wird, ist vor allem eines: Auch mir hätte dieses Schicksal blühen können. Wenn ich geblieben wäre. Aber ich bin nicht geblieben. Und darin lag ein Unterschied zwischen mir und ihm. Es war nicht der einzige.

Mein Freund stammte aus einem streng katholischen Elternhaus. Die Eltern kamen aus den ehemaligen Ostgebieten. Der Vater war bei der Post. Beamter wollte er wegen des damit verbundenen Schwurs auf die Verfassung nicht werden. Eine Haltung, die der Freund später übernahm. Auch er lehnte es ab, Beamter zu werden. Mir imponierte das.

Wir verbrachten einen Teil der Schulzeit miteinander und absolvierten dann gemeinsam eine Lehre bei einer Stadtverwaltung. Mein Freund unterschied sich schon damals von allen: Längere Haare, buschige Koteletten, starker, meist ungepflegter Bartwuchs. Er war anti-autoritär, lange bevor dies zur allgemeinen Modeerscheinung wurde. Gegenüber Vorgesetzten und Lehrern war er widerspenstig. Nichts ließ er einfach so mit sich geschehen. Er kommentierte deren Anweisungen. Hinterfragte ihren Sinn. Er durchschaute die Mechanismen von Hierarchien, Karriere und Wohlverhalten längst, als ich noch versuchte, mich anzupassen. Oder in irgendeiner Weise damit klarzukommen. Er sprach schon während der Lehrzeit aus, was ich erst allmählich begriff: Dass wir nun fünfzig Jahre Berufsleben vor uns hätten. Allerdings jetzt schon – wir waren sechzehn – unsere Pension ausrechnen könnten. Das traf mich dann doch wie ein Schock.

Wir traten in die Gewerkschaft ein und wurden in die Jugendvertretung gewählt. Wir setzten uns für eine Ausbildungsreform ein. Suchten Konflikte. Entwickelten Strategien. Gingen mit unseren Anliegen an die Öffentlichkeit. Schmiedeten Bündnisse. Wurden allmählich von den Autoritäten der Stadt ernstgenommen, ja gefürchtet. Wir setzten uns auf der ganzen Linie durch.

Für uns war das Ganze eine Art Mutprobe. Nicht ohne Risiko. Aber beherrschbar. Wir fühlten uns im Recht. Es ging um unsere Zukunft. Bis dahin war die Ausbildung schlecht gewesen. Konzeptionslos. Realitätsfremd. Alles verlief in eingefahrenen Bahnen. Wir setzten durch, dass ein Ausbildungsplan entworfen wurde. Die einzelnen Bausteine aufeinander bezogen waren. Unterrichtseinheiten entwickelt wurden.

Je mehr uns gelang, desto selbstbewusster wurden wir. Wir begannen, mit den Mächtigen der Stadt zu spielen. Das Spiel bestand darin, dass wir die Beteiligten gnadenlos gegeneinander ausspielten. Deren Konkurrenz untereinander nutzten. Wir erwarben formales Wissen. Bereiteten uns genauestens auf Situationen vor. Spielten abwechselnd die Rollen der Beteiligten. Versuchten ihre Schwächen zu erkennen. Kurzum: Wir lernten, wie man Politik macht.

Für uns hatte das den Vorteil, dass wir uns Freiräume schafften. Dass man uns zu fürchten begann. Vermied, sich mit uns anzulegen. Allerdings mussten wir eine Menge an Zeit und Energie investieren. Allein das fürchterliche juristische Kauderwelsch von Gesetzestexten oder Verordnungen zu erlernen, kostete einiges. Wir halfen uns damit, dass wir die Texte verfremdeten. Durch Wortverdrehungen, Sinnentstellungen. Einer las mit verstellter Stimme vor; der andere wiederholte und kommentierte. Es ging zu wie beim Kabarett. Besonders das sogenannte Bürgerliche Gesetzbuch eignete sich als Fundstelle. Dieses Grundgesetz des bürgerlichen Normallebens bot reichlich Stoff für Wortspiele aller Art. Wir hatten unendlichen Spaß mit unseren Wortschöpfungen, Verdrehungen, Nonsenserfindungen.

Unmerklich aber lernten wir dadurch. Wir lernten „spielend". Noch heute – nach über vierzig Jahren – kann ich ganze Passagen dieses Gesetzbuches hersagen. Es kam so weit, dass wir einen landesweiten Wettbewerb gewannen. Jetzt waren wir anerkannte Rechtskundler. Das verschaffte uns Respekt. Empfang bei den Autoritäten der Stadt. Unsere Kollegen, die auf der Karriereleiter vor uns angesiedelt waren, wurden unruhig.

Mein Freund war immer und überall derjenige, der voran ging, der mutiger und einfach schneller war als ich. Er erfasste Situationen tiefer und komplexer. Er preschte vor, ging die größeren Risiken ein und zog notwendigerweise mehr Aufmerksamkeit auf sich. Ich ging einen einmal eingeschlagenen Weg zwar mit und war darin auch konsequent. Dennoch konnte ich mich aber meist in seinem Windschatten bewegen. Das hatte Vorteile für uns beide. Meine Langsamkeit erlaubte es mir, die Dinge etwas gründlicher zu reflektieren als er, der oft spontan handelte. Das ersparte uns Fehler und Niederlagen. Auch insofern waren wir ein ideales Team.

Wir waren eingespielt. Unschlagbar. Mit dem geringst möglichen Aufwand lernten wir. Um uns herum Schulkollegen, die ein Mehrfaches an Zeit und Aufwand betrieben, ohne einen ersichtlichen Effekt. Dagegen wir, die wir während des Unterrichts alle möglichen Schlaftechniken praktizierten und jede Möglichkeit der Störung nutzten.

Oberflächlich gesehen benahmen wir uns infantil. Bei näherem Hinsehen hatte unser Vorgehen Methode. Wir entwickelten – und wenn ich „wir" sage, ist immer zuerst mein damaliger Freund gemeint – eine Fähigkeit, die uns umgebende, unerträgliche Wirklichkeit zu verfremden. Eine andere Ebene oder Sichtweise der Wirklichkeit zu erfinden. Daran arbeiteten wir ständig. Indem wir verfängliche Situationen schafften – durch Nachahmung von Personen, Auflachen an falschen Stellen, kleine Verrenkungen, ein wenig Zittern in der Stimme oder was auch immer uns geeignet schien. Hinter diesen Späßen und scheinbaren Absurditäten steckte eine genau ausgetüftelte Strategie. Es ging vor allem darum, sich den gängigen Maßstäben zu entziehen. Eigene Bewertungskriterien zu entwickeln. Sich aus der Konkurrenz mit anderen herauszunehmen.

Letztlich beruhte diese Art von Situationskomik auf der Aneignung und Beherrschung alltäglicher Praktiken, als Voraussetzung für deren Verfremdung. Wir hatten viele der Situationen, die uns ereilten, oft vorab schon einmal durchgespielt. Dadurch gelang es uns, sie besser zu beherrschen. Aber unser Verhalten hatte noch eine tiefere Bedeutung, die uns damals nur unterschwellig bewusst war: Unsere Auseinandersetzung mit Anforderungen und Autoritäten enthielt eine Form des Widerstands. Wir wehrten uns gegen Bevormundung, Einengung, Fremdbestimmung. So gesehen befanden wir uns im Dauereinsatz. Immer auf Konfrontationskurs.

Um diesen Hang zum Widerstand gegen Lehrer und Vorgesetzte zu verstehen, muss man sich klarmachen, um welche Klientel es sich damals überwiegend handelte. Das hervorstechendste Merkmal war ihr autoritäres Auftreten. Die meisten von ihnen waren noch im Faschismus sozialisiert worden. Dementsprechend sahen ihre Wertvorstellungen aus: Zucht und Ordnung. Teilweise handelte es sich um Anhänger des alten Regimes, die nur oberflächlich die Farben gewechselt hatten. Entsprechend verhielten sie sich. Einige waren gebrochen und enttäuscht, andere zynisch und aggressiv. Wir begriffen damals instinktiv, dass wir dem etwas entgegensetzen mussten. Das war die Ursache und ständige Quelle unseres widerspenstigen Verhaltens. Es handelte sich um eine Form des Widerstands, die unseren damaligen Möglichkeiten entsprach. Wir entwickelten in der Auseinandersetzung mit diesen Leuten unsere eigene Persönlichkeit. Es ging um unsere Würde. Dabei bewegten wir uns ständig auf dünnem Eis. Es drohten Schulverweise oder der Abbruch der Lehre. Vom Elternhaus oder von den Kollegen war keine Unterstützung zu erwarten. Wir diskutierten unsere Probleme in der Gewerkschaft. Bekamen aber kaum Hilfe von da. Im Gegenteil: Eine Jugendzeitung, die wir ins Leben riefen, wurde nach drei Nummern eingestellt. Man strich uns die Mittel. Es handelte sich um reine Zensur.

Diese Zeit – Anfang der 1960er Jahre – war noch geprägt durch einen feisten Materialismus. Man überfraß sich buchstäblich. Eine Aufarbeitung der Vergangenheit fand nicht statt. Sie wurde verdrängt. Schweigen allenthalben.

Wir in der Provinz waren abgeschnitten von nahezu allen Bildungsmöglichkeiten. Universitäten gab es im Umkreis von 200 km keine. Wir erlebten die „Bildungskatastrophe" hautnah. Die kulturelle Provinz. Kein Theater, kein Konzertsaal, keine Kunstausstellung. Nur zwei kleine Kinos. Jugendeinrichtungen: Fehlanzeige.

Es gab kein Entrinnen. Wir befanden uns in einem Zustand existentieller Verzweiflung. Natürlich haben wir das damals nicht vollständig begriffen. Aber mehr als eine Ahnung davon hatten wir schon: Wir fühlten uns benachteiligt. Was man empfand, war Dumpfheit und die ganze Sinnlosigkeit des eigenen Tuns. Man wusste nicht wohin mit seinen Gefühlen, seinen Leidenschaften. Es gab keine Räume dafür. Die Eltern waren verklemmt; alles Sexuelle war tabu oder wurde in einen schleimigen Untergrund von Witzen und Anspielungen verbannt. So sah sie im wesentlichen aus, unsere sogenannte Jugendzeit.

Dieser ganze Kontext muss mitbedacht werden, wenn man über das Ende meines Freundes nachdenkt. Vor diesem Hintergrund hatten unsere Eskapaden etwas Verzweifeltes. Mir wird heute – im Nachhinein – klar, dass mein Freund diesem sozialen und kulturellen Kontext nie ganz entkommen ist. Während ich mich entschied, die Stadt zu verlassen, blieb er. Durch seine Zeit beim Bund verloren wir uns aus den Augen. Die räumliche Entfernung tat ihr Übriges. Wenn ich mich in die damalige Situation hineinversetze und mir vorstelle, ich wäre in dieser Umwelt geblieben, ich weiß nicht, wie es mir ergangen wäre.

Mein Freund hat offenbar nicht die Kraft gehabt, diesem Schicksal zu entkommen. So gesehen ist sein Selbstmord konsequent. Auch ich habe mich damals ernsthaft mit dem Gedanken an Selbstmord auseinander gesetzt – immer wieder. Ob ich die Kraft dazu gehabt hätte, weiß ich nicht. Der Gedanke allein aber verhalf mir schon zu einer Art Freiheitsgefühl. Es schien ein Ausweg, wenn man gescheitert wäre.

Ich habe seit damals einen anderen Weg eingeschlagen als mein Freund. Ich wollte raus aus dem Milieu, das mich zunehmend belastete. Mein Freund hat sich anders entschieden. Hat er sich überhaupt entschieden? Oder hat er einfach den Zeitpunkt des Absprungs verpasst? Ist er mit der Zeit zu bequem geworden? Ich weiß es nicht. Bei den wenigen Malen, die wir uns später trafen, fiel mir auf, wie sehr er stets betonte, mit allem zufrieden zu sein. Von anderer Seite erfuhr ich, dass er Phasen extensiven Alkoholkonsums hinter sich hatte. Gescheiterte Beziehungen. Sich im beruflichen Abseits befand. Neben der Spur – wie eigentlich immer schon.

Ich konnte mir schon damals nicht vorstellen, dass er mit dieser Art von Normalität seinen Frieden gemacht hat. Es war nicht so. Er saß fest. Kam nicht mehr weiter. Als dann seine Frau an Krebs starb und er von seiner Krankheit erfuhr, erschoss er sich. Wäre ihm sein Schicksal erspart geblieben, wenn wir zusammen geblieben wären? Ich weiß es nicht. Vielleicht wäre die Chance größer gewesen.

Immer wieder muss ich an das Diktum von Thomas Mann denken, das dieser über seinen Helden Adrian Leverkühn verhängte: Einige gehen mit Notwendigkeit in die Irre. Das könnte auch das Lebensmotto meines Freundes gewesen sein. Oder muss man einfach akzeptieren, dass auch er in gewisser

Hinsicht seinen Weg konsequent zu Ende gegangen ist? So viele Fragen bleiben offen. Antworten darauf gibt es nicht. Nicht mehr. Oder vielmehr: Es bedarf ihrer nicht mehr.

Portrait eines Einsamen

Ich kenne ihn seit achtzehn Jahren. Zum erstenmal begegnete er mir im Wald. Ich machte einen meiner ersten Spaziergänge in der neuen Umgebung unseres Hauses, das wir kurz davor erworben hatten. Er kam mit einem Schäferhund auf mich zu, der sich losriss, auf mich zustürzte und an mir hochsprang. Alle Kommandos des Herrn ignorierend. Ich bemühte mich, gute Miene zum bösen Spiel zu machen. Mir war nicht wohl. Ich war froh, als die kurze Begegnung vorüber war.

Es dauerte lange, bis wir uns näher kennen lernten. Zu der Zeit arbeitete er noch als Waldarbeiter. Er ging früh um sechs Uhr aus dem Haus und kam erst so gegen siebzehn Uhr wieder heim. Dann wurde gegessen und mit dem Hund spaziert. Zunächst gab es wenig Gelegenheit zur Begegnung.

Mit der Zeit gab es den ein oder anderen Kontakt zur Nachbarsfamilie, bei der er als Bruder mitwohnte. Man sprach über Alltagsdinge und erfuhr so nebenher dies und das. Er saß meist stumm dabei und schaute misstrauisch drein. Die Leute auf dem Lande schauen auf jeden Fremden misstrauisch – das ist nichts besonderes.

Unsere Nachbarn unterhielten zu dieser Zeit noch eine kleine Landwirtschaft, und so ergab es sich, dass wir in den Genuss des ein oder anderen Produkts kamen. Salat, rote Beete, Kartoffeln. Nach einiger Zeit erfuhren wir, dass wir auch unser

Holz über die Nachbarn beziehen könnten. Wir machten regen Gebrauch davon, zumal wir auf diese Weise an das sogenannte Dörrholz kamen: dürreres und meist dünnes Holz, das ausgezeichnet brannte. Wir bekamen das Holz ofenfertig geschnitten, mit dem alten, kleinen Jeep geliefert und auch noch gestapelt, wobei wir alle mit anpackten. Es waren schöne Gemeinschaftserlebnisse.

Es begann ein gelegentlicher Tausch, der auf dem Lande eine übliche Verkehrsform darstellt. Nur – was hatten wir zu tauschen? Eine Flasche Wein vielleicht. Aber damit brachte man sie leicht in Verlegenheit. Da beging meine Frau die Unvorsichtigkeit anzubieten, wenn sie etwas Schriftliches zu erledigen hätten, sollten sie sich doch an mich wenden. Meine Frau dachte sich, damit sei das nötige Äquivalent für den Tausch gefunden.

Schon lag die erste Lohnsteuer-Erklärung auf meinem Schreibtisch. Ich hatte davon keine Ahnung. Unsere Steuerangelegenheiten erledigt stets ein Steuerberater. Was also tun? Gleich bei der ersten Gelegenheit, sich erkenntlich zu zeigen, versagen? Das konnte es nicht sein. Ich fuhr in die nächste größere Stadt und besorgte mir in der Buchhandlung des Hauptbahnhofs einen Ratgeber für Steuererklärungen. Ich las mir die einschlägigen Kapitel durch, verstand einiges von diesem Kauderwelsch und versuchte mich, so gut es ging, in diesem Steuerdschungel zu orientieren. Einer meiner „Klienten" war der Bruder des Nachbarn, der Waldarbeiter. Es sei wahrscheinlich zwecklos, eine Rückerstattung zu beantragen, aber man könne es ja mal versuchen. So in etwa begann unser erster Kontakt. Ich versuchte mein Bestes. Ich listete die Kosten für Arbeitskleidung auf, die Kilometer zur Arbeit und dies und das. Alles recht großzügig, in der Hoffnung, einiges herauszuschlagen. Und tatsächlich: Es geschah ein Wunder. Wir bekamen einen er-klecklichen Betrag zurück. Und so begann meine Karriere als Dorfschreiber, denn der Erfolg sprach sich schnell rum. Ich versuchte mich dann, als eine Art Selbstschutz, relativ rar zu machen. Mied den Kontakt zu den Dorfbewohnern. War aber für ihn und seine Leute immer ansprechbar.

Es blieb nicht aus, dass man nun öfter miteinander sprach, ab und zu ein gemeinsames Glas Wein trank oder sich vor dem Friedhof, an dem ich wohnte, unter der Linde traf, wo eine Bank stand. Wir sprachen über Sport und Politik, über die Arbeit und was man so redet, wenn der Tag oder besser gesagt der Abend lang ist. Vor allem der Sommerabend.

Mit der Zeit wurden wir vertrauter. Wir waren oft gleicher Meinung, ob es nun um Sport oder Politik ging. Da er sich gegenüber dem Bruder und der dominanten Schwägerin nur schwer durchsetzen konnte, suchte und fand er in mir einen Verbündeten. Zumindest aber einen Vermittler.

Vollends schmolz das Eis zwischen uns dahin, als ich ihm half, seine Rente zu beantragen. Das war mit vielen Schwierigkei-ten verbunden. Und vor allem mit dem üblichen Papierkrieg. Er hatte zunächst einen sogenannten Rentenberater konsul-tiert – aber außer drakonischen Gebühren, die er diesem zahlte, war nicht viel dabei herumgekommen. Ich erinnere mich, dass er für eine Beratung und einen Brief mehr als 1.400 DM zahlte. Zudem wurde er noch falsch beraten. Ihm wurde der Klageweg empfohlen, obwohl dieser völlig aussichtslos war. Diese Leute verfolgen eigene Interessen, nicht die der Kunden. Ich erfuhr bei dieser Gelegenheit, welche Schwierigkeiten man kleinen Leuten macht, ihre wohlverdiente Rente durchzubekommen.

Zu diesem Zeitpunkt hatte er bereits fünfundvierzig Jahre (überwiegend) im Wald gearbeitet. Das ist Schwerstarbeit im Akkord. Entsprechend kaputt sind die Leute nach so einer Zeit. Er hatte Hautkrebs bekommen, aber kein Arzt war bereit, ihn berufsunfähig zu schreiben. Die Ärzte schoben sich gegenseitig die Verantwortung zu. Und die kleinen Bürokraten auf den Ämtern spielten ebenfalls ihr Spiel, demonstrierten ihr bisschen Macht und legitimierten so ihre Daseinsberechtigung.

Er fühlte sich in seiner Ehre verletzt. Er, der doch immer nur „geschafft" hatte, musste sich jetzt von diesen Leuten hin- und herschubsen lassen. Er empfand es als Schande, wie mit seinesgleichen umgegangen wurde. Vor allem, als einer der Ärzte auf seine Frage, ob er denn gar nicht wissen wolle, was er arbeite, antwortete: Das interessiere ihn nicht.

Ja, er konnte sich empören. Aber er konnte sich nicht wehren. Dazu fehlten ihm die Mittel. Immer wieder erzählte er von einem Forstbeamten, der seine Arbeitsgruppe betreute. Der kam um 9.00 Uhr zur Kontrolle. Die Gruppe machte gerade eine Pause. Daraufhin hob dieser Beamte drohend den Zeigefinger. Diese Geste brachte ihn auch jetzt, nach Jahrzehnten, noch auf die Palme. Seit 6.00 Uhr hatte die Gruppe gearbeitet. Er war immer der Meinung gewesen, dass es sich nicht gehöre, Zeit zu vergeuden, indem man zum Beispiel über Gebühr lange die Zeitung las oder sonst wie die Pausen dehnte. Und dann das. Diese Geste, dieses Misstrauen. Das verletzte seine Würde.

Ein weiteres Ereignis dieser Art passierte ihm viele Jahre später. Die Zufahrt zum Dorf war wegen irgendwelcher Straßenarbeiten gesperrt. Er benutzte den Waldweg – circa 600 m von der Hauptstraße zur Wohnung. Ihm begegnete auf der Fahrt durch das Waldstück der zuständige Förster, der ihm untersagte, durch den Wald zu fahren. Das sagte dieser Mann ihm, der doch über vierzig Jahre im Wald gearbeitet hatte und hier nur ein Gewohnheitsrecht in Anspruch nahm!

Es waren Verletzungen dieser Art, die seine ganze Empörung auslösten. Sie ließen ihn zweifeln am Menschen. Dieser Mann, der stolz auf seine Körperkraft war, der anpacken konnte, der sich vor keiner Arbeit drückte, verstand die Welt nicht mehr. Seine kleine Welt nicht und die große schon gar nicht. Nie sei er krank gewesen. Selbst als ihm ein schwerer Ast aus großer Höhe ins Kreuz fiel, war er am nächsten Tag arbeiten gegangen. Trotz eines Blutergusses, der sich über den ganzen Rücken ausgebreitet hatte.

Immer und immer wieder kam er darauf zurück, wie viel er schon geschafft habe in seinem Leben. Er habe Kraft für drei gehabt. Schon als Kind habe er mit anpacken müssen. Im Sommer bereits um vier Uhr morgens, vor der Schule, auf dem Feld. Der strenge Vater habe das von ihnen verlangt. Der Vater habe aufgrund einer Kriegsverletzung selbst nicht arbeiten können. Er habe immer nur kommandiert, sei sehr streng gewesen mit ihnen.

Mit der Zeit wurde es ruhiger um ihn herum. Zunächst starb die Schwägerin, die den Haushalt für den Bruder und ihn geführt hatte. Von einem Tag auf den anderen übernahm er deren Platz. Kochte, kaufte ein (allerdings nur, was ans Haus geliefert wurde), wusch und machte sauber. Der Bruder ergab sich nach dem Tod seiner Frau dem Alkohol. Driftete mehr und mehr ab und war zuletzt kaum noch in der Lage, zu essen oder ein Gespräch zu führen. So gut es ging, pflegte er ihn. Wusch ihn, nahm ihm die Bettpfanne ab, versorgte ihn.

Der Versuch, eine häusliche Pflege zu bekommen, misslang. Der Mann könne sich doch selbst helfen, diagnostizierte der Pflegevertreter und die ihn begleitende Ärztin. Dabei saß der Bruder schon monatelang im Rollstuhl. Trank schon am Morgen. War kaum noch ansprechbar. Verkam zusehends. Er litt darunter. Schämte sich für seinen Bruder. Aber konnte sich diesem gegenüber nicht durchsetzen. Der Bruder bekam die höhere Rente, und darauf war man angewiesen. Also versah er seinen täglichen Dienst. Baute selbst immer mehr ab. War mit den Nerven am Ende, konnte kaum noch schlafen. Litt an den ständigen Konflikten. Fürchtete, dass ein Unglück geschehen könnte.

Dies passierte dann auch mehr oder weniger zwangsläufig. Der Bruder fiel aus dem Rollstuhl, brach sich den Oberschenkelhals, bekam eine Lungenentzündung und wurde ein halbes Jahr in ein künstliches Koma versetzt. Davon erholte er sich nie mehr. Einige Monate später verstarb er. Schmerztabletten und Alkohol – diese Mischung vertrug sich auf Dauer nicht.

Jetzt war mein Nachbar allein. Er erholte sich etwas von den Strapazen der jahrelangen Pflege. Machte lange Spaziergänge mit seinem Hund. Schlief besser. Kam zu mir hoch, um seiner Einsamkeit zu entgehen. Unterhielt sich gern mit mir. Immer öfter von früher. Dass er und sein Bruder als junge Männer oft zehn bis fünfzehn Kilometer weit zu Fuß zum Tanzen gingen. Auch zur Arbeit mussten sie oft lange Wege zurücklegen. Das habe ihn hart gemacht, und deshalb habe er auch heute noch mehr Kraft als mancher Jüngere.

Sonntags machte er kleine Touren mit seinem Auto. Seiner ganzen Liebe. Einem Sportwagen. Einem Oldie. Oder fast. Das wäre sein Traum gewesen. Ein Oldie, für den er wenig

Steuern zu zahlen hätte und der einiges wert gewesen wäre. Im Dorf ging der Spruch um, das Auto sei seine Braut. Es war sein ein und alles. Neben seinem Hund, den er pflegte und hegte, und dem er meist sogar zuviel des Guten tat.

Zu dieser Zeit nahm er noch an einigem Anteil. Sonntags ging er zum Frühschoppen in die Kneipe. Unterhielt sich. Fühlte sich wohl im Kreis der wenigen Bekannten. Ja, er konnte gesellig sein. War kein Kostverächter. Eine Zeitlang war er beruflich viel unterwegs gewesen. Hatte die Arbeit im Wald aufgegeben und war zum örtlichen Arbeitgeber als Anstreicher gewechselt. Waren sie mehrere Tage unterwegs, wurde abends die Kneipe aufgesucht. Was sollte man sonst machen. Darüber konnte es schon mal drei oder vier Uhr morgens werden. Aber immer war er wieder zur Stelle gewesen, wenn die Arbeit begann. Im Unterschied zu vielen seiner Kollegen.

Auch feiern konnte man mit ihm. Ich erinnere mich an das letzte Silvester in der Dorfkneipe, bevor diese ihren Betrieb einstellte. Er hatte beschlossen, an diesem Abend nur Sekt zu trinken. Überall standen die von ihm ausgegebenen Sektgläser herum. Er saß mit einem Bekannten an der Theke. Mit der Zeit stimmte er Lieder an, von der Liebsten, seinem Mädchen. Er war selig. Bester Dinge. Er war freigiebig. Mir erzählte er, dass er achtzehn Flaschen Sekt bezahlt habe. Ich zweifele nur wenig daran.

Ja, Silvester. Jahre später, als er schon allein war, kaufte er zu Silvester dreißig Würstchen. Wir fanden uns in kleiner Runde wieder. Vor uns der Topf mit den Würstchen. Immer wieder forderte er auf, doch zu essen. Wir schafften nur wenig. Das meiste dürfte später an den Hund gegangen sein. Im Jahr darauf dasselbe. Nur in diesem Jahr blieb er allein.

Keiner war gekommen. Er verstand es nicht. Resignierte immer mehr.

Einige Zeit spielten wir gemeinsam im Fußballtoto. Kannte anschließend die Ergebnisse. Manchmal ganze Zahlenreihen. Wir sprachen über die Spiele. Er gewann kleinere Beträge, aber nie das große Los. Da kommt unsereiner nicht ran, war sein ständiger Ausspruch. Er spielte zusätzlich noch im Lotto, träumte den Traum des kleinen Mannes. Auch hier erging es ihm nicht anders.

Nebenbei interessierte er sich für Tennis, Fußball, Boxen, Wintersport. Auch für die Tagespolitik. Forderte, den Belangen der kleinen Leute Rechnung zu tragen. Die seien es doch, die alles schafften. Konnte sich über die Politiker und Ungerechtigkeiten aller Art aufregen. Er besaß Klasseninstinkt. Ging wählen. Immer nur die SPD, aber immer weniger mit Überzeugung. Eines Tages nicht mehr. Wusste nicht mehr, warum er wählen sollte. Sprach aber immer ehrfürchtig von Brandt und vor allem Schmidt.

Wenn ich am Ort war, besuchte ich ihn nahezu täglich. Wir hatten unsere Themen. Immer häufiger sprach er davon, was er versäumt hatte im Leben. Dass er nicht nach Kanada gegangen war. Dass er nicht geheiratet hatte. Dass er im Dorf geblieben sei. Im elterlichen Haus. Sich dem Vater gefügt hatte. Selbst als er einmal ein Mädchen kennen gelernt hatte. Wir spannen gemeinsam ein großes Traumgebilde. Er in Kanada. Ein gemachter Mann. Mit eigenem (gebrauchten) Flugzeug. Einer Zweimotorigen. Besitzer eines Holzhauses, das er selbst gebaut hatte. Hätte auch Familie. Und wie sie alle geschaut hätten, wenn er als gemachter Mann heimgekommen wäre. Wir verloren uns täglich neu in unserem Gespinst. Manchmal verbrachten wir auf diese Weise Stunden. Dann kam er aus sich heraus. Lachte, machte Witze. Gab es allen. In mir hatte er einen Gleichgesinnten. Mir vertraute er seine Träume an. Die Lottogewinne gaben wir gleich mehrfach aus. Alte, große Autos wurden gekauft. Häuser gebaut. Weite Reisen unternommen. Immer wieder ging es nach Kanada. Weil man dort noch aufeinander angewiesen war. Einander half. So wie es früher im Dorf gewesen war.

Sein Verfall begann ganz unmerklich. Einige Erinnerungslücken, kleine Verwechselungen. Das Interesse an der Politik, aber auch am Sport ließ nach. Er spielte nicht mehr Toto. Nach einiger Zeit auch kein Lotto mehr. War zu enttäuscht. Vereinsamte immer mehr. Schlief vor dem Fernseher ein. Immer öfter. Ich konnte den Hund abholen, der sich in seinem Raum befand, ohne dass er es merkte.

Immer häufiger diskutierte er mit dem Fernseher, wenn er allein war. Er habe den Politikern mal die Meinung gesagt, erzählte er. Die hätten sich vielleicht gewundert. Er nähme kein Blatt mehr vor den Mund. Sage wie es sei.

Eines Tages erwähnte er nahezu beiläufig, der Bruder habe heute wieder nichts gegessen. Er rede auch nicht mehr mit ihm. Säße immer nur da. So werde es nichts mit dessen Gesundung. Ich versuchte ihn einige Zeit davon zu überzeugen, dass da niemand sei. Es gelang nicht. Immer neue Gäste kamen mit der Zeit dazu. Der Vater war wieder da. Die Mutter. Die Tante. Alle waren wieder im Haus versammelt. Er versorgte sie alle. Kaufte Unmengen Obst, Lebensmittel. Verteilte sie im ganzen Haus. Überall lagen Obstpakete. Er kochte große Mengen. Deckte den Tisch für mehrere Personen. Auch auf meinem Grundstück habe er Leute gesehen. Leute, die da nicht hingehörten. Unbekannte. Auch Krüppel. Fürchterlich Versehrte. Mit Fratzen und kleinen Köpfen. Er verstand nicht, dass ich diese Leute nicht sah.

Ich versuchte als nächstes, seine Schilderungen zu ignorieren oder einfach zu umschiffen. Ein anderes Thema anzufangen. Ein wenig zu widersprechen oder zu relativieren. Ob es möglich sei, dass nur er diese Leute sähe. Er sah mich verständnislos an. Auch als er mich nachts anrief, in der Garage machten sich Leute am Auto zu schaffen. Auch den Bürgermeister hatte er zu Hilfe gerufen. Wir rollten den Wagen aus der Garage, um ihn zu überzeugen, dass da nichts sei. Er sah uns misstrauisch und verzweifelt an. Man sähe sie doch sitzen. Bei der Nachbarin beschwerte er sich tags darauf, warum ich denn nicht sähe, was er sähe.

Das Ganze nahm seinen Lauf. Es ging auf und ab. Mal schwieg er ganz; mal redeten wir von früher. Dann war es fast wie immer. Aber immer häufiger blickte er an mir vorbei. Sein Blick nahm ängstliche, verzweifelte Züge an. Er sah sie wieder, die Krypto-Figuren. Mit und ohne ihre seltsamen Köpfe, ihre verkrüppelten Glieder. Auch im Wald lägen sie schon herum. Und das Haus sei voll davon. Auf den Dächern hockten sie. Man stehle ihm seine Lebensmittel. Ein Nachbar sei dabei, selbst der Bürgermeister.

Seine Verzweiflung wuchs in dem Maße, wie wir uns nicht in der Lage sahen, ihm zu helfen. Das geht nun seit zwei Jahren so. Immer allgegenwärtiger sind die Geister und Gespenster; immer weniger bleibt vom realen Leben. Mittlerweile können wir kaum noch reden. Seit kurzem weiß ich nicht mehr, ob er mich versteht. Es fing an mit einem Telefonat. Wenn ich nicht am Ort bin, rufe ich alle zwei bis drei Tage an. Eines Tages antwortete er nicht. Nach einiger Zeit sagte er, er verstehe mich nicht. Er gab auf meine Fragen keine Antworten mehr. Sprach von was ganz anderem.

Wieder vor Ort bestätigte sich mein Eindruck. Leichte Fragen, ob es geschneit habe oder ob der Bäcker schon da gewesen sei, beantwortet er nicht. Sah mich verständnislos an. Sprach stattdessen von diesem und jenem. Was ihn gerade beschäftigte. Auch aus Verlegenheit. Mir kam es vor, als spüre er, dass etwas mit ihm nicht stimmte. Noch freute er sich, wenn ich kam. Aber wir konnten nichts mehr miteinander anfangen. Wir saßen uns nur noch gegenüber. Jeder von uns führte seinen Monolog.

Wieder einige Tage später merke ich, dass er keine Tageszeiten mehr unterscheiden kann. Nachts um zwölf steht er auf und schaufelt Schnee. Oder klingelt bei der Nachbarin. Ging um Mitternacht mit dem Hund im Wald spazieren. Viele Kilometer weit. Jeden Tag weiter. So kam es ihm jedenfalls vor. In Wirklichkeit ging er immer langsamer. Entsprechend kürzer wurden die Wege.

Er baut jetzt zusehends ab. Fällt regelrecht in sich zusammen. Wird faltig. Schaut nur noch vor sich hin. Spricht kaum noch. Isst unregelmäßig. Bekommt nichts mehr koordiniert. Schläft viel. Geht langsam, mit gesenktem Kopf.

Dieser Mann, der stark und aufrecht war wie ein Baum, wird zunehmend zum Wrack. Man selbst schaut zu und kann wenig machen. Was könnte man tun? An wen soll man sich wenden? Wer ist schuld an diesem Zustand? All diese Fragen bleiben unbeantwortet. Sie erscheinen einem sinnlos und täglich sinnloser. Man könnte die Gesellschaft anklagen. Oder wenigstens die Umstände. Das Schicksal. Aber ändern würde das nichts.

Dieser Mensch wird über kurz oder lang zugrunde gehen. Und in Wirklichkeit kümmert es niemanden. Was bleiben wird, ist eher Erleichterung allenthalben. Dass es nicht noch schlimmer gekommen ist. Dass ein Alptraum zu Ende ist. Wie er überall passieren kann und tatsächlich wohl auch passiert. Ohne dass sich irgendwer darüber groß aufregt. Nur die unmittelbar Betroffenen für eine kurze Zeit.

Während ich an diesem Text schreibe, erfahre ich, dass er in die Psychiatrie eingewiesen worden ist. In die geschlossene Abteilung. Er habe die Treppe nicht mehr gefunden. Erkenne niemanden mehr. Man habe ihn festbinden müssen, da er nicht bleiben wolle. Er muss künstlich ernährt werden. Das ist das letzte, was ich von ihm gehört habe. Ist sein Weg damit zuende? Fast würde man es ihm wünschen. Um seinen Hund kümmern wir uns zur Zeit. Aber auch nur so lange, bis wir zurück in die Stadt müssen. Der Arme ahnt noch nicht, was auf ihn zukommt.

Heute – wieder einige Tage später – ist er tot. Ruhig eingeschlafen, heißt es. Aber so ruhig wird es nicht gewesen sein, in der Gefangenschaft, in der er sich befand. Er war wohl am Ende seiner Kraft. Und jeder wird jetzt sagen: Es ist besser so.

Was zuende gegangen ist, ist ein unglückliches Leben. Von Beginn an. Und durchgängig. Leben dieser Art sind eigentlich gar keine. Sie ereignen sich einfach.

Es ist schade um so ein Menschenleben. Er war ein ehrlicher, aufrechter Kerl – ein „Juter", wie man hier in diesem Landstrich sagt. Er hatte Ehrfurcht vor der Kreatur, liebte die Tiere – insbesondere seinen Hund. Er hasste es, wenn Tieren Gewalt angetan wurde. Wie es oft in der Nachbarschaft geschah. Das wird der, der über uns steht, nicht zulassen, hoffte er dann. Gerne sahen wir Tiersendungen. Erzählten uns die faszinierendsten Aufnahmen. Immer wieder.

Er war großzügig. Trotz seiner kleinen Rente hatte er für die Kinder stets Schokolade bereit. Die Müllmännern, die Postfrau, den Zeitungsausträger, den Schornsteinfeger – alle bedachte er mit Geldgeschenken zu Weihnachten oder Silvester. Er, der immer nur ausgenutzt wurde – auch im engsten Familienkreis – wollte anderen Gutes. Vor allem denen, die schwer schafften. Vor ihnen hatte er Respekt.

Er war zu gut für diese Welt. Und sollte es darüber hinaus einen Himmel geben, er müsste dort einen Platz finden.

Jetzt sage auch ich, dass es gut ist, dass sein Weg zu Ende ist. Man hätte ihn nicht einsperren können. Ihn, der es gewohnt war, wann immer er wollte, in den Wald zu gehen. Seinen Hund auszuführen. Eingesperrt zu sein in eine dieser Altenaufbewahrungsanstalten, das wäre zu viel gewesen. Daher ist es gut, dass ihm das wenigstens erspart geblieben ist.

Wir werden ihn in guter Erinnerung behalten, diese treue Seele. Ich werde ihn vermissen, schon deshalb, weil ich jetzt täglich einen Gang weniger habe. Keine Gespräche, kein gemeinsames Schweigen mehr. Er war der Welt und diese ihm abhanden gekommen. Was bleibt, ist Traurigkeit, über dieses eine Schicksal und das, was diesem zugrunde liegt: Ein verlorenes, armes Leben, das nicht an einem, dem besagten Tag zu Ende gegangen ist. Das Sterben ist ein langsamer, stetiger Vorgang, der nur irgendwann seinen Abschluss findet. Begonnen hat es schon vor sehr langer Zeit.

Berliner Ensemble-Kantine

Sitze in der Kantine des Berliner Ensembles. Seit Jahren gehört sie nun schon zu den Anlaufstellen anlässlich eines Berlin-Aufenthalts. Mein Bruder hatte mich auf die Idee gebracht. Er besucht mit seinen Schulklassen regelmäßig das Theater. Diskutiert mit Schauspielern. Und wurde bei einem dieser Treffen in die Kantine eingeladen.

Allmählich füllt sich die Kantine mit Theaterleuten. Es wird lebhaft. Ich esse einen Salat und trinke ein Glas Wein. Angenehmes Flair. Man schaut auf die Bilder an der Wand. Sie zeigen Brecht und Weigel in Aktion. Bei der Arbeit.

Mir fällt die Geschichte meines alten Professors ein. Er hatte Brecht in den 1920er Jahren kennen gelernt. Beide nahmen an einer Kapitallektüre bei Korsch teil. Jetzt befinden sich beide in der Emigration. Er vereinbart ein Treffen mit Brecht. Brecht bewohnt ein Hotelzimmer und liegt noch im Bett. Sie sprechen über ihren gemeinsamen Lehrer Korsch. Über alte Zeiten, gemeinsame Bekannte.

Was die Beiden wirklich interessiert, ist die Frage, was sein wird, wenn der Krieg vorüber ist. Brecht blickt ins Leere und antwortet wie nebenher: Theater am Schiffbauerdamm. Mein Professor hatte an die künftige gesellschaftliche Ordnung Deutschlands gedacht. Das eben unterschied die Beiden.

Erst viele Jahre später, bei einer Führung durch das Brecht/Weigelsche Haus in der Chausseestrasse erfahren wir, dass Brecht das Theater nur durch eine List bekommen hat. Er schrieb der Parteiführung, dass man die Gerüchte um einen Dissens zwischen der Partei und ihm am besten dadurch zerstreuen könne, dass man ihm das Theater überlasse. Dann wisse alle Welt, dass nichts an den Gerüchten dran sei. So geschah es, und Brecht hatte für nur wenige Jahre sein Theater am Schiffbauerdamm.

REISEN

Zeremonie in der Vendée

Wir kommen am frühen Abend auf einem kleinen Bauernhof an. Man ist mitten in der Heuernte. Um nicht tatenlos herumzustehen, beteiligen wir uns mit kleinen Handlangerdiensten an der Arbeit. Einige Gesten und wohlwollende Blicke verraten uns, dass wir uns richtig verhalten.

Danach bittet man uns, doch am Abend ins Haupthaus zu kommen. Wir selbst bewohnen ein kleines, fensterloses Nebengebäude, das früher von den Bediensteten bewohnt gewesen sein mag. Wir machen uns frisch und gehen hinüber ins Haus.

Hier werden wir zu einem kleinen Umtrunk gebeten. Eine Art Likörschnaps wird uns kredenzt. Was sage ich: er wird zelebriert. Eine Kostbarkeit des Hauses, nur für besondere Anlässe vorgesehen. Allmählich nehmen wir Einzelheiten des Raumes wahr. Alte Bauernmöbel, Geschirrschränke, Truhen – ein rustikales, aber feierliches Ambiente. Wir befinden uns in einem jener Räume, die im Alltag nicht benutzt werden.

Dieser kleine Empfang ist mithin ein besonderer Anlass. Wir haben mit unserer Geste eine Vertrauens- und Dankbarkeitsbekundung ausgelöst. Das wird uns jetzt bewusst. Während des ganzen Aufenthalts erleben wir eine Atmosphäre der Herzlichkeit. Etwas später werden wir zu Besichtigung des kleinen Weinkellers geladen. Dieser besteht aus sieben oder acht Fässern Wein. Selbstverständlich gibt es eine kleine Weinprobe. Auch diese wird zelebriert. Der einfache Landwein schmeckt umwerfend. Immer wieder haben wir auch später die Erfahrung gemacht, dass der Wein in der jeweiligen Gegend, aus der er kommt, am besten schmeckt. Und der Genuss überhaupt von der Atmosphäre lebt, in der genossen wird.

Pariser Hotels

Nach Paris fährt man nicht alle Tage, sagt der Kleinbürger in einer der Erzählungen von Balzac. Wie wahr. Immer mal wieder kamen wir in den letzten vierzig Jahren aber doch hin. Auf den verschiedensten Wegen. Einmal, um unser Restgeld hier zu verprassen. Mal gezielt mit dem Thalys. Dann im Rahmen einer Universitätstagung. Und was dergleichen Anlässe auch sein mögen.

Zu unseren Lieblingsorten gehören neben den kleinen Cafés, Antiquariaten und Boutiquen in den Seitenstrassen berühmter Avenues, die alten Hotels. Kennzeichen sind schon beim Betreten das Fehlen von Empfangspersonal. Meist gelingt es erst nach einem Rundgang durchs Hotel jemanden aufzutreiben, der die Güte hat, einem ein Zimmer zuzuteilen oder auch nur den Schlüssel zu übergeben.

Weiteres Merkmal ist der alte Fahrstuhl aus dem vorletzten Jahrhundert, der quietschend, stockend und grässlich klappernd seinen Dienst versieht. Man betet jedes Mal, er möge nicht gerade heute seinen Geist aufgeben.

Im Zimmer angekommen, passiert es zum Beispiel, dass das Licht nicht funktioniert. Wir hatten uns schon entkleidet, um uns auszuruhen, als wir dies bemerkten. Wir holten Hilfe herbei, und diese wechselte nicht etwa die Glühbirne aus, sondern quartierte uns einfach ins nächste Zimmer um. Zu allem Überfluss vergaßen wir unsere Champagnerflasche, die wir schamhaft vor dem Hotelbediensteten in Sicherheit gebracht hatten. Also mussten wir diesen noch einmal bemühen. Auf den Genuss wirken sich derartige Begebenheiten überproportional positiv aus. Wie langweilig ist doch dagegen ein reibungslos funktionierender Hotelbetrieb.

Andalusien im April

In der Nähe unseres Aufenthaltsortes soll der spanische Anarchismus seine Ursprünge haben. Dem Reiseführer entnehmen wir, dass es seit Beginn des 19. Jahrhunderts immer wieder Revolten der Landarbeiter gegeben hatte. Wir machen uns auf, einen dieser Orte ausfindig zu machen: Casas Viejas. Hier hatte im Januar 1933 die Guardia Civil die Anführer der Aufständischen und weitere zwölf Männer des Ortes erschossen und deren Häuser in Brand gesetzt. Franco räumt dann mithilfe dieser Mordgarden endgültig mit den Anarchisten auf.

Wir finden in dem Ort keinerlei Hinweise auf diese Geschehnisse. Keine Gedenktafeln. Nichts. Der Ortsname ist getilgt. Es erinnert nichts an die Vorgänge. Daraufhin fragen wir einige Jugendliche. Nichts. Aber deren T-Shirts fallen uns auf. Sie tragen das Bild von Che Guevara und das A im Kreis. Das ist alles.

Die Geschichte ist getilgt. Die Sieger haben die Spuren beseitigt. Aber haben sie auch die Idee besiegt? Der zentrale Begriff des Anarchismus ist dignidad – das bedeutet so viel wie Würde, gegenseitige Achtung, auch Ehre. Diese Idee wird nicht zu besiegen sein, solange stolze Menschen um Freiheit und Anerkennung ringen.

Ich erinnere mich, dass in der Zeit um 1968 der Anarchismus entweder müde belächelt oder heroisiert wurde. Beides wird ihm nicht gerecht. Wie alle sozialen Bewegungen hatte er seine Triebkräfte in der nackten Not der Menschen und ihrem Ringen ums Überleben. Daran hat sich bis heute nichts geändert. Im Reiseführer findet sich die Bemerkung: Glaubt man den Statistiken, dann lebt ein beachtlicher Teil der Andalusier von gar nichts.

Als wir den Ort Benalup verlassen, entdecken wir am Casa Cultura eine Abbildung des Cervantes und den Beginn des Don Quichote: In einem Dorf in der La Mancha..... Ja, der gute Don kann als Urvater des Anarchismus angesehen werden. Mit seinem Überschuss an Idealismus; seinem Kämpfertum mit offenem Visier. Mir wird bewusst, wie konstitutiv der Aspekt der Würde für die Menschen hier ist. Nicht nur hier.

Solange Menschen existieren und um ihre nackte Existenz kämpfen müssen, wird der Geist dieser Bewegung leben und nicht unterzukriegen sein. Mag auch der Ort Casas Viejas auf der Landkarte verschwunden sein – der Geist Don Quichotes lebt. Wahrhaftig. Hätte ich keinen Zeugen dafür, ich würde die folgende Begebenheit nicht schildern: Als wir auf der Strasse nach Trafalgar durch eine nahezu menschenleere Landschaft fahren, taucht in den Hügeln die Gestalt des Ritters von der traurigen Gestalt auf. Samt seines Knappen Sancho Pansa. Wie eine Erscheinung. Mag es eine Attrappe sein; mögen sie es leibhaftig gewesen sein – wer will das entscheiden. Wir jedenfalls reiben uns verwundert die Augen und glauben mehr denn je daran, dass die Erinnerung an den großen Vorfahren aller Anarchisten lebendig bleibt.

Tarifa

In der alten Kirche von Tarifa warten wir einen Platzregen ab. Leise Orgelmusik ist im Hintergrund zu hören. Prächtige Altäre an der Front und beiden Seiten. Bunte Kirchenfenster dämpfen das Tageslicht.

Zunächst stört uns eine Alte, die ungeniert schwatzt, während an jeder Ecke Hinweisschilder auf „Silencio" stehen. Erst allmählich bemerken wir, dass die Alte den Marmorboden der Kirche scheuert. Dies ist also ihr Arbeitsplatz. Mithin hat dieser Ort für sie jede Exklusivität eingebüßt.

Freunde

Nahezu täglich statten wir einer weißen Hündin einen Besuch ab. Venca wimmert schon, sobald wir uns nähern. Sie führt unglaubliche Veitstänze auf, während man sie krault. Venca hat es gut, während ansonsten die meisten Hunde hier Objekte der Wegwerfgesellschaft zu sein scheinen.

So eine Schäferhündin, die ein an Wochentagen unbewohntes Grundstück bewacht. Man hat sie in ein Gehege eingesperrt und ihr einen schon halb abgenagten Schädelknochen hingeworfen. Wasser erhält sie alle paar Tage von einem Nachbarn. Die Hündin liegt völlig apathisch auf der Terrasse.

Erst nach mehreren Tagen und immer erneuter behutsamer Ansprache gelingt es uns, ihre Aufmerksamkeit zu wecken. Jetzt bringen wir ihr täglich Futter vorbei. Sie humpelt an den Zaun, sobald wir uns nähern. Offenbar hat man ihr die Vorderbeine gebrochen, damit sie nicht wegläuft. Helfen wir dem

Tier mit unseren täglichen Besuchen? Als wir nach drei Wochen wegfahren, schaut sie uns wehmütig nach. Sie hat wohl nichts anderes erwartet.

Strandleben

Nahezu täglich besuchen wir die kleine Bucht von Benagil. Meist sind wir früh und gehören zu den ersten Besuchern. Noch bevölkern die Möwen den Strand. Lassen sich nur widerwillig vertreiben. Es ist noch kühl. Nur langsam biegt die Sonne um den Felsen, der die Form eines Indianergesichts hat.

Allmählich füllt sich die Bucht. Überwiegend Einheimische. Ganze Familien darunter. Sonnenschirme werden aufgespannt. Picknickkörbe, Luftmatratzen, Kinderspielzeug ausgebreitet. Alles behutsam. Kein Lärm. Die Kinder bilden den Mittelpunkt. Ihnen gehört die Aufmerksamkeit.

Gegen Mitte September verändert sich die Szenerie. Mehr und mehr portugiesische Familien bleiben weg. Die Ferien gehen zu Ende. Jetzt kommt eine neue Klientel. Mitteleuropäer. Holländer, Deutsche, Engländer. Man erkennt sie sofort. Sie betreten den Stand argwöhnisch. Die Paare wissen nicht wohin, auch wenn der Strand noch fast leer ist. Man ist sich nicht einig. Nehmen sie endlich Platz, geht das Gezeter los. Die Kinder plärren, die Paare streiten. Um alles. Besonders den Männern merkt man an, wie unwohl sie sich fühlen. Der Sand ist ihnen lästig; ihre Haut ist noch weiß und empfindlich. Gehen sie ans Wasser, so zögern sie, als ob es sich um eine Art Lava oder Schweröl handle. Meist sind sie angespannt. Versuchen ihre mitgebrachte Zeitung oder eine Zeitschrift zu lesen. Die Frauen drehen instinktiv ab. Keine Kommunikation. Mit den

Kindern wissen die Väter nichts anzufangen. Bemühen sie sich, sind die Kinder widerspenstig. Ihre Form des Widerstands. Den Vätern merkt man den Druck an. Wann, wenn nicht jetzt, müssen sie ihre Rolle spielen. Aber es gelingt ihnen kaum. Gegenüber ihrer Umgebung sind sie immun. Kaum Rücksicht. Kein Auge für den Nachbarn. Ganz Vernunft, verlassen sie beizeiten den Strand. Den Männern merkt man die Erleichterung an. Endlich wieder Zivilisation in Sicht. Das Auto, die vertrauten Gewohnheiten. Man fragt sich, was sie hier suchen. Sie sollten doch besser in ihren Büros bleiben.

Arkadische Impressionen

Von unserem Haus aus schauen wir auf einen Berg. Circa 2.000 Meter hoch. Wir nennen ihn Malevos. Keiner scheint genau zu wissen, wie er heißt. Geheimnisvoll auch sein Aussehen. Mal hat ihn der Nebel halb verschlungen. Dann wieder scheint er ein weißes Dach zu haben. Und bei entsprechender Sonneneinstrahlung gleicht er einem Kamel – ein größerer und drei abgestufte Höcker. Täglich geht unser erster Blick unwillkürlich auf den Berg. Als könne er uns entweichen.

Dieses Arkadien, was so viel heißt wie „verkarstete Gebirgszüge", birgt viele Reize. Zerklüftete felsig-waldige Berge. Steile Hänge. Ruinenhafte Steingebilde, die Phantasmen hervorbringen. Wie an die Felswand geklatscht ein Kloster. Zu dem wir versuchen hinzuwandern und dass sich immer weiter zu entfernen scheint.

Keine Idylle. Viele Bewohner weilen nur im Sommer hier oben. Sie sind geprägt von harter Arbeit auf kargen Böden. Überall ziehen sich Ziegenpfade durch die Berglandschaft. Eines Tages kommt ein kleiner Lieferwagen durchs Tal herauf. Orientalisch anmutende Musik schallt uns entgegen.

Die platias sind Orte der Muße, aber auch des öffentlichen Lebens. Treffpunkte zum gemeinsamen Essen. Orte der Kommunikation, Politik oder Arbeitsvermittlung. Die großen sind rundherum mit Lokalen bestückt. Für die Kinder gibt es reichlich Spielangebote. Ein buntes Treiben ganzer Familien. Das Essen ist ländlich-derb. Es gibt einheimische Produkte. Verzicht auf raffiniertes Design.

Durch die milde Luft und das weiche Wasser fühlt sich alles samtig an. Alle Sinne erwachen oder besser intensivieren sich. Zusammenwirken von Farben, Eindrücken, Gerüchen, Wind und Klängen.

Wie selbstverständlich das Schöne sein kann. Selbst die Statuen scheinen lebendig. So gelassen, heiter und gleichmütig wirken sie auf uns. Sie scheinen wahrhaftig zu existieren, ohne Aufhebens von sich zu machen. Das nennt man wohl Erhabenheit.

Als wir an einem Sonnentag die Höhen eines unserem Haus gegenüberliegenden Berges erklimmen, erfasst uns ein Gefühl von Freiheit. Alles relativiert sich. Der Blick in die Weite tut sein übriges. Eine schöne Vorstellung wäre es, tagelang über diese Höhen zu gehen, wie es schon die Romantiker taten. Ihnen fühlen wir uns hier verbunden.

Auf einer bewohnten Felseninsel finden wir ein kleines Café. Hier erleben wir den Sonnenuntergang über dem Meer. Musik aus dem Film 1492. Man scheint zu schweben. Wir sitzen noch die halbe Nacht hier.

Am Morgen – kurz nach Sonnenaufgang – steigen wir eine steile Felsentreppe hinab ins Meer. Man fühlt sich eins mit den Elementen. Unvorstellbar, jemals wieder in die Zivilisation zurückzukehren.

Champagner-Gang

Wir waren den ganzen Tag gefahren. Da wir in La Rochelle kein Zimmer mehr bekommen hatten, mussten wir wohl oder übel weiterfahren. Wir fuhren die Küste hoch Richtung Norden. Irgendwann, an einer Landstraße, entdeckten wir eine Kneipe. Nicht sehr vertrauenerweckend, aber besser als nichts. Wir bekamen ein Zimmer und zu essen gab es auch. Und wie. Als wir den Essensraum betraten – Speisesaal zu sagen wäre eine Übertreibung – bot sich uns ein martialisches Bild. Lange Tische und Bänke. Alles vollbesetzt, bis auf ein Ecktischchen, an dem wir platz fanden. Die meisten Leute aßen mit den Händen. Gierig und ohne jede Scham. Wir kamen uns vor wie inmitten eines mittelalterlichen Gelages.

Nach dem ersten Glas Rotwein legte sich die Anspannung. Wir fühlten uns schon viel wohler, bestellten ein derbes Essen und vergaßen die Anstrengungen des Tages. Jetzt bemerkten wir, dass viele der Gäste in Arbeitskleidung waren, was der Stimmung allerdings keinen Abbruch tat. Es wurde gegessen und getrunken, was das Zeug hält. Man genoss das Leben und war ausgelassen.

Nachdem auch wir reichlich und ausgiebig genossen hatten, bemerkten wir, dass das Lokal sich langsam leerte. Eine Gruppe von Männern begab sich in einen Nebenraum an eine langgestreckte Theke. Da auch wir noch nicht müde waren, begaben wir uns ebenfalls in diesen Raum und bestellten uns noch weiteren Wein. Zunächst kümmerte man sich nicht um uns. Nach einiger Zeit jedoch – sei es wegen unseres Stehvermögens, sei es, weil man neugierig wurde – nahm man uns zur Kenntnis. Jetzt bemerkten wir, dass die Männer allesamt Champagner tranken. Wir erfuhren, dass es sich um französische LKW-Fahrer handelte, die hier Zwischenstation machten. Einige schienen hier ihre Mädchen zu haben; die anderen trafen sich einfach so. Ehe wir uns versahen, wurden wir in die Champagner-Runde einbezogen. Man prostete uns zu und, als wäre es das Selbstverständlichste der Welt: Auch bei den nächsten Runden waren wir dabei. Wir versuchten uns mit etwas Französisch, vor allem aber mit Händen und Füßen verständlich zu machen, und mit der Zeit klappte es tatsächlich. Die Männer hatten noch weite Touren vor sich, mussten zum Beispiel morgens in Paris sein. Nun fiel uns auf, dass einige von ihnen Bündel mit Geldscheinen um den Hals trugen. Auf unsere Frage, was es damit auf sich habe, wurde uns erklärt, diese seien für die Polizei, falls man sie bei Geschwindigkeitsüberschreitungen erwischen würde.

Wir fühlten uns mehr und mehr wohl in dieser seltsamen Runde. Unser Versuch, ebenfalls eine Runde Champagner auszugeben, wurde verbindlich, aber entschieden zurückgewiesen. Der Abend nahm seinen Lauf, bis die ersten aufbrechen mussten. Allmählich löste sich die Runde auf. Wir verabschiedeten uns herzlich, wünschten gute Fahrt und begaben uns in unser Zimmer, das den Namen kaum verdiente. Es war eine bessere Rumpelkammer. Bei offenem Fenster versuchten wir Schlaf zu finden – immer wieder unterbrochen vom Lärm schwerer LKWs, die durch unser Zimmer zu fahren schienen. So endete ein ungewöhnlicher Abend, von dem wir am nächsten Tag nicht wussten, ob wir alles nur geträumt hatten.

Abschied von der Algarve

Wir hatten ein altes, gut erhaltenes Bauernhaus gemietet. Auf einem kleinen Berg gelegen: Monte da Raffoia. Was etwa so viel heißt wie: Haus, um das die Winde wehen. Das Haus lag in einer hügeligen, jetzt überwiegend mit Villen besiedelten Landschaft. Überall Protzbauten. Unverschämt große Grundstücke. Mit Swimming-Pool, Palmen und Kakteen als Statussymbolen. Die Palmen kann man hier quasi im Supermarkt kaufen. Mit riesigen Kranwagen werden sie zu den jeweiligen Grundstücken transportiert. Zierde der Wohlhabenden. Die Einheimischen hat man weitgehend verdrängt. Von unserem Berg aus sehen wir nur noch ab und zu ein kleines bäuerliches Anwesen. Selten noch Bauern mit ihren Eselskarren. Sie prägen kaum noch die Landschaft der Algarve.

Wir haben uns so weit wie nur irgend möglich vom Trubel der Touristen-Zentren ferngehalten. Blieben nach einem kurzen Strandaufenthalt am Morgen auf unserer Terrasse. Von da aus blickten wir über die Landschaft und ließen es uns wohl ergehen. Gegen Ende unseres Aufenthalts überkam uns Wehmut. Ein Gefühl, dass hier etwas unwiederbringlich zugrunde geht. Ich schrieb in unser Reise-Tagebuch:

Leb wohl, du wirkliche Algarve. Was von dir noch übrig ist. Leb wohl, Quinta, kleines schwarzes Kätzchen, das uns mehr und mehr umgarnte, morgens und abends. Esel, der du uns mit deinen Sirenentönen den Morgen ankündigtest. Tapfere Hähne der Umgebung, nicht minder Frühaufsteher, angetreten zum Schichtdienst. Grillen und Zikaden, deren Gesang zu Konzerten anschwoll. Seltene Vögel, deren kunstvolle, ja frivole und exotische Gesänge uns immer wieder aufs Neue verblüfften. Nicht zu vergessen: Ihr Hunde aller Größen und

Rassen, die ihr oft tage- und nächtelang eure Klagen über die Weiten der Algarve aussandtet. Nachhut einer längst vergangenen Epoche. Wunderbarer Himmel, dessen Blau von unglaublicher Intensität war. Sonne, die uns nahezu täglich schien und doch nicht einmal verbrannte. Mond, alter Gefährte der Nacht, der den Tag verlängern half. Sterne in unermesslicher Fülle, zum Greifen nah. Milchstraße, Fingerzeig des Südens, Bote besserer Tage.

Alles in allem ein Klang- und Farbbild, das seinesgleichen sucht. Und doch wäre dies Bild unvollständig, ohne eine Verbeugung vor den einfachen, freundlichen Menschen der Gegend, denen wir täglich begegneten. Auf staubigen Wegen oder in der kleinen Markthalle der nächstgelegenen Stadt. Wie gern hörten wir in den Abendstunden das Lachen der Bauern von nebenan. Uns klang es wie Musik, trotzig und stolz.

Leb wohl, du wunderschöne Algarve. Lass deine Küste nicht weiter verschandeln. Erhalte deine Reize und erwache stets neu in deinen unverwechselbaren Farben und Klängen. Wehre dich!

KRITIKEN

Das Interview

Ich wollt Sie das ganz direkt mal fragen. War es wirklich so …?
Das würd' ich nicht unbedingt so …aber sicher, irgendwie ein bisschen schon ….
Ich meine ja nur weil ….
Ja, ich weiß, aber man muss halt …wie soll ich dass sagen …
Finden Sie denn nicht, dass ….
Na ja, eigentlich nicht …wenn schon, dann muss man ja auch ….
So hab ich das ja nicht ….
Ich denke, wenn man ….
Aber andrerseits …
Ja sicher, wenn Sie so wollen …
Ich dachte nur …..
Sicher, irgendwie schon …
Nun gut, sei's drum …vielleicht können wir ja mal ….
Das wäre mir auch recht …aber ich möchte dem nicht ….
Na gut, wenn wir schon ….
Vielleicht noch, ich weiß nicht recht ….
Dazu möchte ich im Moment nicht …
Lassen Sie uns auf ein anderes …
Ist mir auch lieber, da …
Sie sehen ja ….
Aber sicher, unsereins ist ja auch nicht ….
Gleichwohl will ich ganz deutlich ….
Ja, aber wir wissen doch beide ….
Ich würd' ja nie ….
Das will ich auch nicht ….

174

Obwohl ja ….
Ach ….
Ja sicher, was dachten Sie denn ….
Nein, so weit würd' ich nicht gehen, aber andrerseits ….
Ja das ist ja irgendwie ….
Nicht wahr ….
Ich wollt ja nur ….

Gut, aber dann ….
Also, ich find das geil, dass ….
Irgendwie super ….
Ich wollt' aber nicht ….
Da hab' ich kein Problem ….
Macht mir immer wieder ….
Na gut, aber ….
Ich mein' ja nur...
Ich weiß, ich wollt' ja nur ….
Logo ….
Na dann ….
Na dann ebenfalls ….

Über die Unfähigkeit zu schweigen

Anlässlich der verheerenden Seebeben-Katastrophe in Asien
wurde zu allgemeiner Trauer aufgerufen. An einem bestimmten Tag sollten mittags drei Schweigeminuten eingelegt werden. Gedacht werden sollte der vielen Opfer und Vermissten
der Katastrophe.

An der Aktion beteiligte sich auch mein Rundfunksender, der
für kulturelle Belange normalerweise außerordentlich sensibel
ist. Dachte ich bis dahin zumindest.

Als nun der Zeitpunkt gekommen war, wies der Sender in Form einer Ansage auf die bevorstehenden Schweigeminuten hin. Etwa zehn Sekunden lang hörte man nichts. Dann wiederholte der Sender alle zehn Sekunden die Ansage, dass der Sender sich am allgemeinen Schweigen beteilige. Angesagt wurde mithin ständig, man beteilige sich am Schweigen.

Als auf diese Weise das Schweigen endlich ein Ende hatte, ging es weiter im Text, als sei nichts gewesen. In den darauffolgenden Nachrichtensendungen wurde dann darauf hingewiesen, dass auch dieser Sender sich am Schweigen beteiligt hatte.

Ich hätte gern gehabt, wenn dies der Fall gewesen wäre. Aber das Schweigen haben die Sender allemal noch nicht gelernt.

Bombenstimmung

April 99. Vier Uhr morgens. Ich erwache von dumpfen Fluggeräuschen. Es sind die B 52-Bomber der US-Luftwaffe, die zu ihren Einsatzorten nach Jugoslawien fliegen. Mir schnürt sich der Magen zu. Ich kann nicht mehr schlafen. Nie hätte ich für möglich gehalten, dass so etwas geschehen könnte. Mit Zustimmung unserer Regierung. Dass sich je wieder Deutsche an einem Krieg beteiligen. Unsere Regierenden sprechen von der neuen Verantwortung des wiedervereinigten Deutschland. So sieht sie also aus, die neue Verantwortung. Sie ahnen wohl gar nicht, wie recht sie haben. Wir werden lange an dieser Verantwortung zu knabbern haben. Am Ende werden es über zehntausend Tote unter der Zivilbevölkerung sein. Kollateralschäden.